Nouvelle Collection illustrée.

L'ouvrage complet **95** centimes.

OCTAVE FEUILLET

DE L'ACADÉMIE FRANÇAISE

LA MORTE

Calmann-Lévy, Éditeurs

LA MORTE

Paris. — Imp. L. POCHY, 52, rue du Château. — 725-14

OCTAVE FEUILLET

DE L'ACADÉMIE FRANÇAISE

LA MORTE

ILLUSTRATIONS

DE

LOUIS STRIMPL

PARIS

CALMANN-LÉVY, ÉDITEURS

3, RUE AUBER, 3

JOURNAL DE BERNARD

La Savinière, septembre 187...

Je suis à la campagne chez mon oncle. La conversation de mon oncle est charmante et nourrie. Néanmoins, elle s'arrête quelquefois et me laisse des loisirs. L'idée m'est venue de les occuper par quelque travail littéraire. On écrit généralement si mal aujourd'hui que je crois pouvoir manier une plume à peu près comme tout le monde, quoique je n'aie guère écrit jusqu'ici que des télégrammes. Il y a dans un château du voisinage, chez des amis de mon oncle, une bibliothèque assez riche et dont je puis disposer : comme elle contient un grand nombre de documents relatifs au XVIIe siècle, ma première pensée a été de les utiliser pour récrire l'histoire de Louis XIV, qui a été manquée par Voltaire. Mais, toutes réflexions faites, je préfère écrire la mienne, laquelle m'intéresse davantage. Le lecteur, — si j'en ai jamais un, — conviendra qu'il a plus de plaisir à se regarder dans sa glace qu'à y voir les traits de tout autre individu. C'est mon cas.

J'ai trente ans. Je suis grand, flexible, élégant, d'un blond tirant sur le roux. Je valse bien et je monte bien à cheval. Relativement à ma personne physique, la postérité n'en saura pas davantage. Sous le rapport intellectuel, j'ai quelque lecture ; sous le rapport moral, je ne suis pas d'un mauvais naturel. Je ne me connais même, à proprement parler, qu'un défaut, c'est de ne rien prendre au sérieux, — ni sur la terre ni dans les cieux. — Il y a quelques années, quand je vis disparaître à l'horizon cette belle tête de vieillard que j'avais coutume d'appeler le bon Dieu, je me souviens que je pleurai. Une gaieté sereine et imperturbable a, depuis ce moment, fait le fond de mon heureux caractère. On se figure, dans les classes subalternes de la société, que l'aristocratie française est un conservatoire de superstitions surannées. L'erreur, du moins en ce qui me concerne, est complète. Je fais sans doute aux convenances les sacrifices nécessaires ; mais, du reste, je déclare que le positiviste le plus radical, le franc-maçon le plus endurci, le plus farouche affilié de la Marianne, ne sont que des vieilles femmes pétries de préjugés auprès du gentilhomme qui écrit ces lignes.

Mon oncle, cependant, a entrepris de me faire épouser une jeune fille, qui non seulement est elle-même d'une piété exceptionnelle, mais dont toute la famille paraît être plongée dans la plus basse dévotion. C'est ce piquant épisode de ma vie qui me semble véritablement mériter d'être étudié et buriné au jour le jour par un observateur bien informé. C'est ce point unique de ma modeste biographie que je me propose de traiter dans ces pages, ne rapportant du passé que ce qui est nécessaire pour l'intelligence du présent, et laissant l'avenir aux dieux immortels.

Je me nomme Bernard-Maurice Hugon de Montauret, vicomte de Vaudricourt. Nous avons dans nos armes les besants des croisades, ce qui est toujours agréable. Mon oncle est le comte de Montauret de Vaudricourt, aîné et chef de notre famille. Il a perdu il y a quelques années son fils unique, et je suis devenu le seul héritier du nom. Nous désirons également l'un et l'autre que ce nom ne s'éteigne pas ; mais nous avons longtemps différé de sentiment sur la manière de le perpétuer. Mon oncle prétendait m'en donner le soin, et je prétendais lui en laisser le privilège. Il était veuf, et je l'engageai vivement à se remarier : je lui faisais observer qu'il paraissait encore vert et qu'il avait la mine d'un homme à qui toute pensée d'avenir n'est pas interdite ; mais, à cet égard, je n'ai jamais pu vaincre sa résistance, fondée apparemment sur des raisons dont il était le meilleur juge.

Mon oncle fut touché, — bien à tort, — du désintéressement dont je semblais faire preuve en le poussant à se remarier. La vérité est qu'entre deux maux je choisissais le moindre, et que j'aimais mieux encore sacrifier sa succession que de hasarder ma personne, ma liberté et mon honneur dans l'aventure redoutable du mariage. Toutefois, quoique je ne sois pas, comme je l'ai laissé entendre, surchargé de croyances, je ne méconnais pas un certain nombre de devoirs. Un des miens est incontestablement de sauver du néant notre vieux nom de famille, ainsi que nos besants d'or sur fond de gueules, et, comme il n'existe malheureusement pas d'autre moyen, pour arriver à cette fin, que de légitimes noces, il a été convenu en principe, depuis bientôt quatre ans, que je prendrais femme et que j'aurais beaucoup d'enfants.

Cette convention arrêtée, mon oncle, animé d'une impatience sénile, me pressa de passer immédiatement à l'exécution. Ce fut alors que je me mis à étudier avec un intérêt tout nouveau une variété de jeunes mondaines qui m'avait laissé jusque-là assez indifférent, — j'entends parler des jeunes filles. — Je croyais connaître assez pertinemment les femmes, m'en étant toujours occupé avec le plus grand plaisir. Quant aux jeunes filles, je les ignorais, ou du moins je croyais les ignorer. A ma vive surprise, et, je dois ajouter à mon vif regret, je reconnus qu'il y avait, — à Paris du moins, — une très faible différence d'une variété à l'autre, et que, même à l'heure qu'il est, beaucoup de femmes pourraient prendre avec avantage des leçons des jeunes filles sur toutes les matières.

Je me souviens qu'un jour ma vieille et excellente amie, la duchesse de Castel-Moret, donna, dans son hôtel de la rue Saint-Dominique, un bal blanc, composé presque exclusivement de jeunes personnes de quinze à vingt-deux ans. Cette petite fête m'était secrètement consacrée. J'avais fait confidence à la duchesse de mes dispositions matrimoniales, et elle avait bien voulu réunir sous mes yeux une élite de jeunes filles à marier, m'assurant que je n'aurais qu'à étendre la main au hasard pour tomber sur une perle. Effectivement, toutes ces gracieuses filles, blanches et roses, dansant entre elles avec candeur, offraient un spectacle qui respirait l'innocence à un tel degré, que mon seul embarras, dans cette circonstance, paraissait devoir être l'embarras du choix.

C'était par une belle journée de juin. Après les sauteries, ces demoiselles se répandirent dans le jardin de l'hôtel, où le thé était servi sur une pelouse. Je m'étais assis solitairement derrière un bouquet de rhododendrons et j'essayais de mettre un peu d'ordre dans mon pauvre cœur, quand un de ces groupes charmants vint à passer de l'autre côté du massif. Elles étaient trois, toutes trois causant à demi-voix avec des rires frais comme l'aurore et de grands yeux naïvement ouverts comme des fleurs. Je prêtai l'oreille. Je ne relaterai pas les propos que j'eus la stupeur d'entendre sortir de ces lèvres virginales, je dirai simplement qu'ils auraient fait rougir un singe.

La bonne vieille duchesse, qui est d'un temps meilleur, m'assura, quand je lui rapportai ces propos, que de sa vie ni de ses jours elle n'avait entendu choses pareilles, et que même elle ne savait pas au juste ce que ces demoiselles avaient voulu dire. Mais on dit couramment aujourd'hui dans le monde nombre de choses dont nos mères, et à plus forte raison nos grand'mères, n'avaient jamais ouï parler.

Je ne pense pas que la précocité des jeunes filles du monde en ce temps-ci doive être attribuée à l'insouciance morale des mères. Je rends volontiers cette justice aux mères que toutes, sans exception, quelle que soit leur moralité personnelle, désirent faire de leurs filles d'honnêtes femmes. Ce qui leur manque pour atteindre un but si louable, c'est la plus faible dose du plus vulgaire bon sens. Il n'y a, en effet, que l'aveuglement des maris à l'égard de leurs femmes qui soit comparable à l'aveuglement des mères à l'égard de leurs filles. Elles semblent persuadées que tout, dans la nature, est susceptible de corruption, excepté leurs filles. Leurs filles peuvent braver les plus dangereux contacts, les plus troublants spectacles, les entretiens les plus équivoques : peu importe ! Tout ce qui passe par les yeux, par les oreilles et par l'intelligence de leurs filles se purifie instantanément. Leurs filles sont des salamandres qui peuvent impunément traverser le feu, fût-ce le feu de l'enfer. Pénétrée de cette agréable conviction, une mère n'hésite pas à livrer sa fille à toutes les excitations dépravantes de ce qu'on appelle le mouvement parisien, lequel n'est autre chose, en réalité, que la mise en train des sept péchés capitaux.

ELLES ÉTAIENT TROIS, TOUTES TROIS CAUSANT A DEMI-VOIX...

Au surplus, ces pauvres mères, comme ces pauvres filles, méritent toute l'indulgence du penseur. Elles sont simplement entraînées par le flot qui nous entraîne tous, le flot d'une civilisation de décadence. Un peuple en décadence est, si je ne me trompe, un peuple qui n'a plus que des appétits, et il me semble clair que du haut en bas nous en sommes tous là. Du haut en bas, la jouissance est aujourd'hui la loi unique et l'unique foi,

Toute autre religion n'est plus qu'une bienséance. Il faut en prendre son parti, et le mien, du reste, est parfaitement pris.

J'avoue que je m'étais senti un peu ébranlé dans mes projets de mariage par l'incident du bal blanc de la duchesse. Quelques réflexions d'une saine philosophie me rendirent mon calme et me raffermirent dans mes desseins.

« En vertu de quoi, me dis-je, aurais-je la prétention d'épouser une femme qui vaudrait mieux que moi? Il est évident, d'après ce que le hasard m'a fait entendre de la conversation de ces jeunes filles, que l'idéal tient peu de place dans leur pensée : mais en tient-il davantage dans la mienne? — Il est évident qu'elles ne sont chrétiennes que de nom, et qu'elles nagent d'ailleurs corps et âme en plein matérialisme païen... mais je leur en offre autant ; — un homme, en définitive, doit se contenter de la femme qu'il mérite et réciproquement. Il est même bon qu'il en soit ainsi. Autrement il n'y aurait ni harmonie ni équilibre dans le ménage. Est-ce que je me marie d'ailleurs avec des vues chimériques? Est-ce que j'espère trouver un roman dans le mariage? Ne l'y apportant pas, je ne vois pas pourquoi je l'y trouverais. Non ! ce que je demande au mariage, bienséance, confortable de la vie, respectabilité, descendance légitime, bonne cuisine bourgeoise, il n'y a pas une de ces aimables filles qui ne soit fort capable de m'en favoriser. Cela suffit. Ma femme me gênerait infiniment si elle m'emmenait dans les bois au clair de la lune pour me parler de l'immortalité de l'âme. »

Par suite de cette délibération intime, je résolus d'épouser, comme tout le monde, la première venue, pourvu qu'elle réunît quelques convenances élémentaires. — Toutefois, un peu refroidi malgré tout, je résolus de ne pas me presser.

Mon oncle, précisément à cette époque, c'est-à-dire il y a deux ans, quitta Paris pour aller habiter la campagne, et, par conséquent, me laissa un peu respirer. Il quittait Paris pour des motifs mystérieux. Il avait adoré le boulevard et il l'adorait toujours. Il adorait encore beaucoup d'autres choses essentiellement parisiennes ; mais elles ne lui procuraient plus autant d'agrément qu'autrefois, et cela l'ennuyait. Bref il abdiqua, partit pour son château de La Savinière sis entre Normandie et Bretagne, et s'y occupa d'élevage. Depuis ce temps, je suis venu en neveu fidèle et attentif le voir à peu près une fois tous les trois mois, passant une nuit en wagon pour aller, une autre nuit pour revenir, et jamais plus d'un jour au château. Je ne suis pas étranger aux sentiments de famille, je connais les devoirs qu'ils imposent ; mais ces devoirs ont une limite, et je l'aurais dépassée si j'étais resté plus de douze heures à la campagne, dont l'odeur seule m'incommode.

Mon oncle, qui a la faiblesse d'aimer ma compagnie (comme, du reste, j'aime la sienne), a cependant trouvé moyen de me retenir depuis plusieurs semaines en son château de La Savinière, au sein de cette campagne détestée. Je reçus de lui il y a environ quatre mois la lettre que voici :

« J'ai découvert sur ma propriété, mon cher Bernard, un terrain admirablement disposé pour y courir un steeple-chase : vaste hippodrome, prairies et bruyère, barrières, banquettes, douves, amphithéâtre de collines pour les spectateurs, tout y est à souhait ; c'est à moitié route entre le château et la ville de S..., chef-lieu du département, à trois kilomètres de distance de l'un et de l'autre. La ville pourrait donc fournir quelques-uns des éléments d'une solennité de ce genre : — musique, autorités, public. — J'en ai parlé au préfet, au trésorier général, au maire ; ces trois dignitaires (tous trois d'un républicanisme discret, le trésorier général surtout), ont chaudement applaudi à mon idée. Le préfet promet de faire voter les fonds par son conseil général, le maire promet la fanfare et les pompiers, le trésorier général le feu d'artifice. A moi, Bernard, et à toi de faire le reste. Je sais, mon ami, combien tu aimes ce genre de sport et combien tu regrettes que les occasions en soient si rares en France. Tu n'auras, je pense, qu'à dire un mot à Soulaville, à Verviers, et à Cadières pour nous assurer leur concours enthousiaste. J'écris moi-même au duc, à Dawson, à Gardinier, et à Couranveaux. J'offre, bien entendu, à tes amis comme aux miens, la plus large hospitalité dans mon manoir. Pour leur commodité et pour la tienne, nous fixerons la date à la semaine qui suivra les courses de Caen. De cette façon, le déplacement sera peu de chose, et nous pourrons bénéficier en partie du brillant public de Caen et de Deauville. — Ne dis pas non, Bernard : cette fête, que j'espère rendre annuelle, est la dernière joie que ton vieil oncle puisse goûter en ce monde, et tu ne voudrais pas la lui refuser. »

J'ai l'innocence d'un enfant, et je tombai en plein dans le piège que mon oncle m'avait habilement tendu en faisant appel à une de mes plus nobles passions, la passion du steeple-chase. Sans soupçonner la pensée machiavélique qui se cachait sous son apparente bonhomie, je me mis à sa disposition. Je lui recrutai quelques adhérents parmi mes amis ; il en recruta parmi les siens. Bref, le 8 août dernier, nous tombions en bande chez mon oncle, Verviers, Gardinier, Dawson, Cadières et moi : quelques autres, revenant de Deauville et de Caen, se logèrent dans la ville voisine et y répandirent une douce animation. Mon oncle, très expert en ces matières, avait si bien tracé la piste et combiné les obstacles que nous n'eûmes rien à y changer. La course eut lieu le surlendemain 10 août, qui était un dimanche.

Ce fut un beau spectacle. Tout le pays était soulevé. Le rappel battait dans les rues dès l'aurore. Les *gentlemen* des environs avaient tiré des armoires leurs bottes molles et leurs pantalons collants, et leur donnaient de l'air avec fierté. L'aristocratie locale s'étageait sous une vaste tente de coutil pavoisée de drapeaux et offerte par mon oncle. Le reste de la population en habits de fête garnissait l'hémicycle des collines et s'y livrait à de modeste agapes. La musique jouait *la Marseillaise*... (il n'y a pas de plaisir pur !) et les pompiers contenaient la foule.

Nous étions huit à courir. Je montais le cheval du duc, — *Talbot II*. Gardiner et Verviers restèrent dans la douve ; Couranveaux se démit l'épaule à la banquette. Je filais pendant ce temps-là comme un dard, et j'arrivais excellent premier, battant *Carillon* de sept à huit longueurs. La course avait été dramatique : elle avait excité au plus haut degré les passions des spectateurs, et je fus accueilli par une bruyante ovation.

Comme je promenais mon triomphant *Talbot* et ma casaque violette devant la tribune, je ne pus m'empêcher de remarquer sur un des gradins, au milieu des mouchoirs qui s'agitaient, une petite personne aux cheveux blond cendré qui n'agitait rien du tout, mais dont le joli visage fixé sur le mien, témoignait d'un

J'ARRIVAIS EXCELLENT PREMIER...

intérêt et d'une curiosité extraordinaires. Elle n'était pas la seule, au reste, dont la physionomie eût pris en me regardant cette expression qui ne semblait pas être simplement celle de l'admiration banale que peut inspirer le vainqueur d'une course... Non, il était clair que j'étais pour ces dames, et en particulier pour cette enfant blond cendré, quelque chose de plus : — sans doute un être annoncé, attendu, précédé par une certaine renommée de boulevard, de club et de sport, par une certaine réputation à demi scandaleuse, par un vague parfum de galanterie, d'élégance et d'aventure. Je regretterais de manquer ici de modestie ; mais comment ne pas reconnaître que l'apparition d'une pareille fleur des pois devait amener de graves désordres dans ces imaginations de province?

Pour couronner la fête, mon oncle donnait le soir un bal où la ville et les environs étaient conviés, et dont la femme et les filles du trésorier général voulurent bien faire les honneurs. Je valsais avec une de ces dames, quand mes yeux rencontrèrent soudain le regard de la jeune fille blonde que j'avais remarquée dans la tribune : ce regard me suivait dans le tourbillon avec cette curiosité un peu craintive, mais incessante et appliquée qui m'avait tant frappé. Ma manière impétueuse de valser qui ressemble à un enlèvement, paraissait l'étonner et la ravir. J'allai trouver mon oncle :

— Mon oncle, lui dis-je, voici là-bas une jeune personne qui meurt d'envie

LE QUADRILLE SE FORMAIT...

de valser avec moi : je prétends lui faire ce plaisir ; veuillez me présenter.

Un fin sourire, qui me donna à penser, illumina les traits fatigués de mon oncle, et il s'empressa de me conduire devant le groupe de famille qui encadrait sévèrement ma jeune admiratrice :

— Mademoiselle, dit-il, permettez-moi, avec l'autorisation de madame votre mère, de vous présenter un valseur... mon neveu, le vicomte de Vaudricourt... Mon neveu, mademoiselle Aliette de Courteheuse !

Mademoiselle Aliette rougit sensiblement :

— Très reconnaissante !... murmura-t-elle ; mais je ne valse pas.

Elle refusait !... elle refusait !... — Je restai muet pendant quelques secondes dans la pénible situation d'un homme qui voit repousser ses bienfaits de la manière la plus inattendue, et même la plus inepte. — Enfin, me remettant :

— Pas de mazourke non plus, mademoiselle?

— Pas davantage !

— Oserai-je me rabattre sur un quadrille?

Elle sourit faiblement, presque ironiquement, par Jupiter ! en me répondant :

— Si vous voulez !

Sur cette heureuse conclusion d'une négociation laborieuse, le groupe de famille, composé d'une mère, d'une tante, d'un oncle et d'un frère, s'épanouit simultanément avec un soupir de soulagement et de satisfaction.

Le quadrille se formait au même instant et j'y pris place avec mademoiselle Aliette. Ses cheveux, — de cette étrange couleur de cendre fine, — étaient un peu brouillés sur sa tête et entremêlés de quelques feuilles des bois. Elle était charmante. — Elle n'est pas grande. Les pieds menus d'une fée qui danse sur la bruyère. Bien faite dans sa petite taille, naturellement élégante, parfaitement distinguée. Je ne sais quoi de transparent dans toute sa personne. Sur le visage et dans les yeux une expression singulière mêlée de timidité et de vaillance, de candeur et d'ardeur. Ces mêmes traits se retrouvent dans son langage, avec une pointe de gaieté malicieuse par échappées. Par-dessus tout un air de pureté et d'honnêteté inattaquables. Voilà l'air qu'elle a. D'ailleurs je me rappelle trop bien mes surprises du bal oncle l'amiral et quelquefois avec son frère, qui est enseigne de vaisseau.

— Ils montent tous deux comme des marins, me dit-elle en riant... C'est moi qui leur donne des leçons. Moi, ajouta-t-elle d'un ton grave, c'était mon père qui m'avait appris.

En la reconduisant à sa place, j'adres-

— ILS MONTENT TOUS DEUX COMME DES MARINS...

blanc de la duchesse pour me prononcer sur le fond des choses. Quoi qu'il en soit, c'est une jeune personne intéressante.

Elle fut naturellement pendant le quadrille fort intimidée et peu prolixe. Je la rassurai de mon mieux, et j'essayai avec mansuétude de la mettre à son aise. A propos de la solennité du jour, nous parlâmes chevaux : elle monte elle-même à cheval, habituellement avec son vieil sai quelques bonnes paroles à la mère, à la tante, à l'amiral et au jeune enseigne, puis laissant cette respectable famille la bouche ouverte sous l'impression de ma condescendance, je me perdis dans la foule.

Telle fut ma première rencontre avec mademoiselle Aliette de Courtcheuse, dont je soupçonnai dès ce moment que mon oncle rêvait de faire ma fiancée. — La seconde eut lieu deux jours plus tard au château de Varaville, résidence des Courteheuse, où mon oncle m'avait entraîné sous prétexte d'une politesse de voisinage. C'est un grand manoir à toits pointus et surbaissés dont les aménagements intérieurs sentent la province. Les meubles, beaux et massifs, y sont rangés dans un ordre sévère et sec, avec ce goût de l'inconfortable qui caractérisait si éminemment nos pères. Ce n'est pas le nid qu'on imaginerait pour un oiseau bleu comme mademoiselle Aliette. Nous l'y trouvâmes cependant fort vivante et prospère, et visiblement émerillonnée par notre visite. Quoique mon oncle s'en défendît, il était évident qu'il avait laissé entrevoir aux grands parents ses secrètes espérances, et que mademoiselle Aliette en avait saisi quelque chose au vol. Tous ces braves gens, en effet, m'examinaient, m'étudiaient et me scrutaient avec une intensité hypnotique qui devait les fatiguer extraordinairement.

Ce même jour, comme nous retournions à La Savinière au pas de nos chevaux, mon oncle enfin m'ouvrit son cœur.

LE CHATEAU DE VARAVILLE.

— C'était, me dit-il, une de ces occasions qui ne se rencontrent pas deux fois dans la vie d'un homme... Une fille d'élite, un physique délicieux, une éducation supérieure, un beau nom, une fortune déjà grande dans le présent, magnifique dans l'avenir... Une tante vieille fille, un oncle amiral et garçon, un autre oncle évêque et garçon aussi... naturellement... bref la perfection !

Mon oncle ajouta quelques chiffres et quelques autres détails. D'après ce qu'il me dit, et d'après ce que j'ai pu observer moi-même, ces Courtcheuse, qui sont très anciens, composent effectivement une collection assez originale. Sauf par le goût des chevaux qu'ils tiennent de race, ils n'appartiennent guère à notre monde moderne. Ce sont des croyants et des pratiquants d'un autre âge que le vent du siècle n'a pas même effleurés. Une de leurs branches passa en Angleterre avec Guillaume le Conquérant, et elle figure encore aujourd'hui dans la plus pure aristocratie du Royaume-Uni. Les relations des Courtcheuse de France avec leurs parents d'Angleterre sont fréquentes, et elles ont pu contribuer à leur imprimer le pli particulier qui les distingue. Quoique catholiques, leurs habitudes ont, en effet, une teinte de formalisme puritain. Ils paraissent avoir emprunté, par exemple, à leur famille d'outre-mer la vieille coutume anglaise de faire la prière du soir en commun avec leurs domestiques. Ce trait suffit à les définir. Feu le baron de Courtcheuse, frère de l'amiral et de l'évêque, et père d'Aliette, était, dit-on, un esprit grave et cultivé : il ne voulut pour sa fille ni institutrice, ni cours en ville, ni pension, ni couvent : avec l'aide de quelques professeurs sévèrement choisis et surveillés, il avait fait lui-même l'éducation d'Aliette pour la partie intellectuelle, laissant à la mère la partie morale et religieuse.

Eh ! mon Dieu, certainement ! au premier abord, ce n'est pas dans une famille de ce modèle qu'un homme de mœurs frivoles et de foi nulle comme je suis, semblerait appelé à choisir sa femme. Il y a là une sorte de dissonance choquante. Mais raisonnons un peu : — Si je m'étais résigné, comme je l'ai dit, à épouser au hasard une des jeunes païennes de la génération nouvelle, je n'y tenais pas autrement. J'avoue même que je ne craindrais pas un peu de christianisme chez ma femme : non pas bien entendu que je m'exagère les garanties morales que peut offrir la piété féminine et que j'en fasse le synonyme de vertu. Mais encore est-il certain que pour les femmes l'idée de devoir ne se sépare guère de l'idée religieuse ; de ce que la religion ne les préserve pas toutes, c'est un tort de conclure qu'elle n'en préserve aucune, et il est toujours bon de mettre cette chance de son côté. Il est vrai que cette famille de Courtcheuse et mademoiselle de Courtcheuse elle-même semblaient pousser jusqu'au fanatisme leurs croyances et leurs habitudes religieuses : mais quant à la famille, je ne comptais pas m'y incruster, et quant à mademoiselle de Courtcheuse, je me dis qu'elle ne traverserait pas une saison de Paris, sans y laisser ce qu'il pouvait y avoir d'excessif et d'anguleux dans sa dévotion. A tout autre égard, les avantages de cette alliance étaient indiscutables. A première vue, elle me convenait, et je le dis à mon oncle sans marchander.

Une chose toutefois m'étonnait un peu : qu'un sceptique comme moi épouse une dévote, rien de plus naturel ; j'en ai dit les raisons. Mais qu'une famille d'une orthodoxie aussi rigide n'eût pas repoussé d'emblée l'alliance d'un homme dont la réputation, honorable sans doute, n'est nullement celle d'un saint, j'en étais un peu surpris.

Dès ce jour, par une convention tacite et avec toutes les réserves obligées, il fut clair que j'étais reçu chez les Courteheuse sur le pied d'un prétendant non pas encore agréé, mais admissible. Je m'étais offert à donner quelques leçons d'équitation au jeune marin Gérard, frère de mademoiselle Aliette. Le moment vint où mademoiselle Aliette elle-même, sous le patronage de l'amiral, daigna prendre part à nos cavalcades. Elle me pria gaiement de ne pas lui épargner mes conseils sur sa manière de monter. Mais elle n'en avait pas besoin. Cette petite dévote blonde est une centauresse; comme ce genre d'exercice est à peu près le seul plaisir qui lui soit permis, elle y a jeté tout son feu. Elle a été très bien montrée par son père, elle a une main étonnante. J'aime assez, soit dit en passant, qu'une femme ait le goût passionné du cheval. Les écuyères sont généralement chastes.

Au retour de nos promenades matinales, il arriva plus d'une fois qu'on me retint à déjeuner à Varaville. Dans cette intimité croissante, tous ces Courteheuse continuaient d'étudier avec la même application ma personne physique, intellectuelle et morale, et s'en montraient manifestement de plus en plus satisfaits. De mon côté, avec moins de satisfaction peut-être, mais avec un égal intérêt, je pénétrais chaque jour plus avant dans l'étude de ce groupe préhistorique. J'entrevoyais que le baron de Courteheuse, aujourd'hui disparu, avait dû être, sinon une intelligence supérieure, du moins un caractère d'une originalité forte qui avait mis et laissé son empreinte sur tous les siens. Le régime qu'il a établi dans sa famille lui a survécu, et c'est toujours son esprit qui règne dans sa maison sous la forme gracieuse de sa fille Aliette. Ce fut du reste mademoiselle de Courteheuse elle-même qui me confirma dans cette pensée, en me révélant l'espèce de manie dont son père était atteint et dont elle a hérité dans une large mesure.

Elle me faisait voir un jour la bibliothèque du château, laquelle, ainsi que je l'ai dit au début de ce journal, est fort riche en ouvrages du XVIIe siècle et en mémoires relatifs à cette époque. J'y remarquai aussi une curieuse collection de gravures du même temps.

— Monsieur votre père, mademoiselle, lui dis-je, avait une grande prédilection pour le siècle de Louis XIV ?

— Mon père, me répondit-elle gravement, y vivait !

Et comme je la regardais avec une surprise un peu inquiète, elle ajouta :

— Et il m'y faisait vivre avec lui.

En même temps les yeux de cette étrange fille se remplirent de larmes.

Elle se détourna et fit quelques pas pour réprimer son émotion : puis revenant, elle me montra un siège, s'assit elle-même sur le marchepied de la bibliothèque, et me dit :

— Il faut que je vous explique mon père !

Elle se recueillit pendant une demi-minute ; puis parlant avec une expansion qui ne lui est pas habituelle, hésitant et rougissant sensiblement toutes les fois qu'elle allait prononcer un mot qui pouvait paraître un peu trop sérieux pour une bouche si jeune :

— Mon père, poursuivit-elle, est mort des suites d'une blessure qu'il avait reçue à Patay. C'est vous dire qu'il aimait son pays, mais il n'aimait pas son temps. Il avait au plus haut degré l'amour de l'ordre, et il ne voyait plus d'ordre nulle part. Il avait l'horreur du désordre, et il le voyait partout ; dans ces dernières années notamment, toutes ses croyances, tous ses respects, tous ses goûts étaient froissés jusqu'à la souffrance par tout ce qui se faisait, par tout ce qui se disait, plus particulièrement l'espèce de société où il aurait voulu vivre, une société bien ordonnée, polie, croyante et lettrée. Il

— MONSIEUR VOTRE PÈRE AVAIT UNE PRÉDILECTION POUR LE SIÈCLE DE LOUIS XIV ?

par tout ce qui s'écrivait autour de lui. Profondément attristé des choses du présent, il s'habitua à se réfugier dans le passé ; le XVIIe siècle lui offrait aima de plus en plus à s'y enfermer. Il aima aussi de plus en plus à faire régner dans sa maison la discipline morale et les goûts littéraires de son siècle favori... Vous avez même pu remarquer qu'il poussait cette prédilection jusqu'à la curiosité du cadre et du décor... Vous pouvez voir par cette fenêtre les allées rectilignes, les broderies de buis, les ifs et les charmilles taillés de notre jardin... Vous pouvez voir que nous n'avons dans nos plates-bandes que des fleurs du temps... des lis... des pentecôtes... des roses trémières... des jalousies... des œillets... enfin ce qu'on appelle des fleurs de curé... Nos vieilles tapisseries en verdure sont également de l'époque... Vous voyez aussi que tout notre mobilier, depuis les armoires et les buffets jusqu'aux consoles et aux fauteuils, est du style Louis XIV le plus sévère... Mon père n'appréciait pas les recherches raffinées du luxe moderne... Il prétendait que ce confortable excessif amollissait les âmes comme les corps... C'est pour cela, monsieur, ajouta le jeune fille en riant, que vous êtes si mal assis chez nous... Oui... naturellement... Vous allez me dire qu'il y a des compensations... C'est très bien !

Puis reprenant sa gravité :

— C'est ainsi que mon père essayait de se donner même par l'aspect et l'arrangement matériel l'illusion de l'époque où sa pensée se complaisait... Pour moi, monsieur, ai-je besoin de vous dire que j'étais la confidente de ce père bien-aimé... la confidente attendrie de ses tristesses, la confidente indignée de ses dégoûts, la confidente charmée de ses consolations?... C'est ici même... au milieu de ces livres que nous lisions ensemble, et qu'il m'apprenait à aimer... c'est ici que j'ai passé les heures les plus douces de ma jeunesse... Nous nous exaltions tous deux en commun sur ces temps de foi et de vie paisible, sur les loisirs heureux et sûrs, le pur et beau langage français, le goût délicat, l'urbanité noble qui était alors la marque et l'honneur de notre pays... et qui ont cessé de l'être...

Elle se tut, comme un peu confuse de la chaleur qu'elle avait mise à ses dernières paroles.

Je lui dis alors, uniquement pour dire quelque chose :

— Vous me rendez compte, mademoiselle, d'une impression que j'ai souvent ressentie chez vous, et qui prenait, par moment, l'intensité d'une véritable hallucination, fort agréable, du reste. L'aspect de votre intérieur, le style, le ton et la tenue de la maison me transportaient si bien à deux cents ans en arrière, que je n'aurais pas été surpris d'entendre annoncer à la porte de votre salon : — Monsieur le Prince... madame de la Fayette... ou madame de Sévigné elle-même.

— Plût au Ciel ! dit mademoiselle de Courteheuse... Mon Dieu ! monsieur, que j'aime ces gens-là ! Quelle bonne compagnie ! Comme ils se plaisaient aux choses élevées ! Comme ils valaient mieux que notre monde d'à présent !

Je voulus essayer de calmer un peu cet enthousiasme rétrospectif, si préjudiciable à mes contemporains, et à moi-même :

— Mon Dieu ! mademoiselle, lui dis-je, le temps que vous regrettez avait assurément des mérites rares et que j'apprécie comme vous... Mais encore faut-il se dire que cette société si régulière, si bien équilibrée, si choisie en apparence, avait en dessous, tout comme la nôtre, ses tristesses et ses désordres... Je vois ici beaucoup de mémoires de cette époque, je ne peux pas savoir au juste ceux que vous avez lus... et ceux que vous n'avez pas lus... et j'éprouve par conséquent un certain embarras...

Elle m'interrompit :

— Oh ! monsieur, me dit-elle simplement, je vous comprends très bien... Je n'ai pas lu tout ce qui est ici... mais j'en ai lu assez pour ne pas ignorer que mes amis de ce temps-là avaient, comme les gens d'à présent, leurs passions... leurs faiblesses... leurs égarements... Mais, comme le disait mon père, tout cela se passait sur un fond sérieux et solide qui se retrouvait toujours... Il y avait de grandes fautes, mais de grands repentirs... Il y avait une région supérieure où tout ramenait, même le mal...

Elle avait beaucoup rougi : elle se leva un peu brusquement de son marchepied.

— En voilà bien long ! dit-elle. Pardon, je ne suis pourtant pas très bavarde... C'est qu'il s'agissait de mon père, dont je voudrais que la mémoire fût chère et vénérable à tout le monde comme à moi !

C'était la première fois que mademoiselle Aliette me tenait un langage qui semblait s'adresser à un ami plutôt qu'à un passant. Je me ferais plus dur que je ne suis si je n'avouais pas que j'en fus touché, quoiqu'en même temps un peu effrayé : car il y avait incontestablement dans les idées et dans les sentiments que cette jeune fille m'exprimait, comme une nuance de douce folie héréditaire.

Quelques jours plus tard, c'était hier, je devais être mis, et mon oncle avec moi, à une épreuve plus difficile. — Nous avions dîné à Varaville, nous nous étions proposé, mon oncle et moi, de nous retirer presque immédiatement après le dîner, afin de respecter les habitudes patriarcales de la maison. Mais la beauté de la soirée nous ayant retenus assez longtemps dans le jardin, il était dix heures et demie quand nous entrâmes au château pour prendre congé de l'amiral, lequel n'avait pu nous suivre, ayant un peu de goutte. Au même instant, une cloche sonna avec éclat, et presque aussitôt les domestiques du château et de la ferme entrèrent silencieusement et processionnellement dans le salon. Comme mon oncle me regardait d'un œil atterré, madame de Courteheuse s'avança :

— Vous voudrez bien, n'est-ce pas, messieurs, nous dit-elle, prendre part à notre prière du soir?

Mon oncle s'inclina et je m'inclinai. Nous prîmes chacun une de ces lourdes chaises Louis XIV, et nous nous agenouillâmes à demi, pendant que l'amiral mettait ses lunettes et commençait à lire gravement, comme s'il eût officié à son bord, quelques pages d'un gros paroissien à fermoir. J'en avais pris mon parti galamment. Il eût été du dernier mauvais goût de choisir cette occasion pour faire profession d'athéisme. J'ai coutume, d'ailleurs, de me conformer aux mœurs des nations et des individus chez qui je reçois l'hospitalité. De même que je n'hésite pas à ôter mes chaussures pour pénétrer dans une mosquée et que je garde mon chapeau sur ma tête dans une synagogue, de même j'eus soin, en cette circonstance délicate, de régler scrupuleusement mon attitude sur celle de mes hôtes. Toutefois je le fis simplement et sans ombre d'exagération. Quant à mon oncle, il crut devoir montrer du zèle, et je faillis perdre mon sérieux en voyant sa figure de vieux pécheur affecter des airs confits et repentants, avec accompagnement de soupirs en bémol.

Ceci se passait donc hier soir. Admis à une cérémonie de famille si intime, je me crois, par ce fait même, autorisé et même invité à déclarer ouvertement mes prétentions. Je suis au surplus tout à fait décidé : la jeune fille est un peu bizarre, mais une fois hors de son absurde intérieur Louis XIV, je me flatte qu'elle ne gardera que la substance morale de son éducation et qu'elle en répudiera vite les excentricités : elle

L'AMIRAL COMMENÇAIT A LIRE GRAVEMENT.

restera simplement une jeune femme un peu plus honnête et un peu plus jolie qu'une autre. Je n'en demande pas davantage... Elle est vraiment fort agréable à voir, surtout quand elle marche ; elle a un pas relevé et glissant qui lui est propre. On dirait toujours qu'elle va s'envoler. — C'est peut-être un ange.

J'ai, en conséquence, résolu de faire ma demande aujourd'hui même. Je sais justement que ces dames doivent aller à la ville dans la journée et que l'amiral sera seul ; c'est à lui que je compte m'adresser d'abord en sollicitant son intercession.

Mais qu'est-ce qui peut bien se passer dans la cervelle vénérable de mon oncle? Quand je lui ai annoncé ce matin ma détermination, laquelle aurait dû le faire bondir de joie, il a paru comme suffoqué... Trop d'émotion sans doute ! Ce n'est pas d'aujourd'hui, du reste, que ses façons et son langage m'intriguent passablement. Au lieu de se montrer franchement heureux de la bonne tournure que prenaient mes affaires, qui sont également les siennes, puisqu'il s'agit de l'accomplissement de son rêve, il paraissait constamment inquiet et préoccupé. Quand il m'accompagnait chez les Courteheuse, son agitation et son malaise étaient remarquables. Quand j'y allais seul, il m'interrogeait à mon retour avec une anxiété visible : — « Que s'est-il passé? Quel avait été le sujet de la conversation, etc.? » — Je me figure que la violence de son désir et la crainte d'un mécompte l'entretiennent dans cet état d'angoisse permanente. Car je ne veux pas m'arrêter à la plaisante supposition que mon oncle soit devenu secrètement mon rival et que le serpent de la jalousie lui dévore le cœur.

21 septembre au soir.

Je connais maintenant le secret de mon oncle.

Je suis monté à cheval après déjeuner pour me rendre à Varaville. Mon oncle m'a accompagné jusqu'à la grille de sa cour ; après m'avoir souhaité bonne chance, il m'a rappelé :

— Ah çà, mon garçon, tu n'as pas

besoin de leur dire que tu ne crois ni à Dieu, ni à diable, hé?

Je lui ai répondu par un léger mouvement de la tête et des épaules qui signifiait : « Quelle bêtise ! » et je suis parti.

Madame de Courteheuse et la tante étaient absentes en effet ; mais j'ai eu gardé le curé par-dessus le trictrac. Dès ce moment j'ai vu que la partie se jouait hâtivement en négligeant les règles et pour en finir :

— Et, dites-moi, mon cher voisin, a repris l'amiral en agitant les dés dans son cornet, il paraît que votre goût pour la

L'AMIRAL ET LE CURÉ FAISAIENT UNE PARTIE DE TRICTRAC.

la contrariété de trouver l'amiral en compagnie du curé de Varaville : ils faisaient une partie de trictrac :

— Ah ! ah ! mon jeune ami, s'est écrié l'amiral, toujours ravi de vous voir !... mais vous tombez mal... Ces dames sont à la ville.

— Je le savais, amiral... C'est vous que je désirais rencontrer.

— Ah !

Il m'a regardé fixement, puis il a recampagne ne fait que croître et embellir de jour en jour? Bravo ! mais cependant votre intention, n'est-il pas vrai? ne serait pas de rompre tout à fait avec Paris, du moins immédiatement?... Je ne vous le conseillerais pas... Je l'ai dit à votre oncle... Moi, à votre place, je garderais un petit pied-à-terre à Paris... Quand on fait de grands changements dans sa vie, dans ses habitudes, il est sage de procéder doucement... par degrés... Je n'ai pas besoin de vous dire d'ailleurs combien j'approuve pour mon compte un goût que je partage si complètement... Mais vous n'êtes qu'un néophyte, et un néophyte ne doit pas brusquer ses vœux, n'est-ce pas, mon cher curé?

Dans toute autre bouche ces allusions à mon goût pour la campagne m'auraient paru une simple plaisanterie sous forme de contre-vérité, mais dans la bouche sincère et convaincue de l'amiral, elles me frappaient de stupeur. — Je n'étais pas au bout de mes étonnements.

— Sans doute, amiral, sans doute, ai-je répondu vaguement comme en rêve.

— Il est rare, a repris l'amiral, que le dégoût de la vie en l'air et le besoin de joies plus vraies et plus saines se manifestent chez un homme aussi jeune que vous. Cela vous fait beaucoup d'honneur, mon cher vicomte, certainement... mais ce qui vous en fait encore davantage, — je le dis avec plaisir devant le curé, — c'est votre heureux et franc retour en pleine jeunesse à ces croyances un moment altérées chez vous comme chez beaucoup d'autres par les passions de la vingtième année...

Je n'ai pu retenir une légère exclamation :

— Non ! non ! a poursuivi l'amiral en me coupant la parole d'un geste, ne vous en défendez pas, mon cher voisin... j'ai été moi-même dans mon temps un gaillard fort dissipé... et si je suis revenu comme vous aux idées, aux principes dont je n'aurais jamais dû m'écarter, à la foi religieuse enfin, je n'y suis pas revenu aussi vite que vous... Il a fallu que l'âge me fît sentir ses premières atteintes, ses premières amertumes : enfin j'ai eu moins de mérite que vous, voilà la vérité !

En ce moment, la partie de trictrac a paru terminée. Le curé s'est levé, a murmuré quelques mots d'excuse et s'est retiré discrètement. Je m'étais levé moi-même pour le saluer. Dès qu'il a été dehors, l'amiral m'a fait signe de me rasseoir, son visage souriant et confidentiel m'engageant clairement à lui exposer l'objet de ma demande. — Mais à sa profonde surprise je lui ai tendu la main assez gauchement, je l'ai chargé de mes compliments pour ces dames, et je m'en suis allé.

J'ai renvoyé mon cheval par mon domestique et j'ai repris à pied le chemin de La Savinière. J'avais besoin de recueillir mes esprits à loisir, et j'avais besoin surtout de ne pas revoir mon oncle prématurément, attendu que j'aurais pu lui manquer de respect.

D'après les discours extravagants que m'avait tenus l'amiral, je ne pouvais pas douter en effet que mon oncle, afin d'assurer un mariage qu'il s'était mis en tête, n'eût compromis gravement sa loyauté et la mienne en me présentant à la famille de Courtcheuse sous les plus fausses couleurs. Je ne pouvais pas douter que depuis mon arrivée, et probablement même auparavant, il ne m'eût dépeint à ces bonnes gens comme une espèce de don Juan converti qui avait résolu de renoncer à Satan et à ses pompes et de quitter le théâtre de ses désordres pour s'ensevelir dans la paix des champs. Mon oncle avait achevé ce portrait véridique en me décorant d'une orthodoxie et d'une ferveur religieuses que les orages de la jeunesse avaient pu voiler un instant, mais qui étaient sorties triomphantes de ce nuage passager !

C'est ainsi qu'il avait cru devoir prévenir ou apaiser les susceptibilités et les ombrages que ma réputation de libre viveur et de libre penseur auraient pu faire naître dans l'esprit des Courteheuse.

Qu'il ne m'eût pas pris pour confident de son manège, rien n'était plus nature, car il savait que je ne m'y serais pas prêté. Qu'il eût pu se flatter de pousser jusqu'à la conclusion du mariage le malentendu qu'il établissait sourdement entre les Courteheuse et moi, cela se concevait encore : car, d'une part, les Courteheuse étaient gens trop bien élevés et trop réservés pour me poser avant le temps des questions directes au sujet de mes principes et de mes projets d'avenir ; d'autre part, j'étais trop bien élevé moi-même pour heurter leurs idées et pour faire auprès d'eux, ou auprès de qui que ce soit, le fanfaron d'impiété.

JE REPRIS A PIED LE CHEMIN DE LA SAVINIÈRE.

Malgré tout, il eût toujours suffi du moindre hasard pour mettre à néant la déplorable diplomatie de mon oncle et je m'expliquais alors les anxiétés auxquelles je l'avais vu en proie.

J'ai grondé mon oncle, mais je l'ai grondé doucement. Il est le frère de mon père. D'ailleurs, il y a toujours quelque chose de pénible pour un jeune homme à prendre un vieillard en faute et à voir sa confusion. Mon oncle s'est excusé comme il a pu sur sa violente passion pour ce mariage. Il a même essayé de me persuader que je pouvais honnêtement profiter de ses finesses, puisque je n'en étais pas complice... Enfin, il m'a offert d'aller lui-même faire sa confession aux Courteheuse... J'ai refusé, me croyant fondé à craindre qu'il n'apportât pas dans cette confession toute la franchise nécessaire.

Je me suis déterminé à écrire moi-même à l'amiral. Voici ma lettre, que j'ai soumise à mon oncle :

« Mon cher amiral,

» Je vous ai quitté tantôt d'une façon si brusque et si peu correcte que vous avez pu douter de ma raison : j'ai cru moi-même un moment qu'elle m'échappait. Je vous dois d'abord des excuses, et je m'empresse de vous les envoyer respectueusement ; je vous dois aussi une explication, et je vais vous la donner avec une entière franchise.

» Je ne vous apprendrai rien, je crois, mon cher amiral, en vous disant quel était le motif de ma démarche auprès de vous. A mesure que j'ai mieux connu mademoiselle de Courteheuse, j'ai compris de plus en plus qu'elle disposerait à sa volonté du bonheur ou du malheur de ma vie. C'est le secret que je voulais vous confier en vous suppliant d'être auprès de madame votre belle-sœur et de mademoiselle votre nièce l'interprète de mes sentiments et de mes vœux.

» Mais cette confidence a dû s'arrêter sur mes lèvres, amiral, quand votre langage m'a révélé tout à coup l'extraordinaire malentendu qui s'était, à mon insu, glissé entre nous. J'ai reconnu avec un extrême étonnement que mon excellent oncle, dans sa partialité pour moi et dans sa juste ambition d'une alliance si honorable, m'avait paré à vos yeux comme involontairement, de goûts qui ne sont pas les miens et de vertus que je n'ai pas. Si l'on était le maître d'avoir les mérites que l'on souhaite, je me donnerais assurément tous ceux qui pourraient me rendre plus digne de mademoiselle de Courteheuse. Mais il n'en est malheureusement pas ainsi. La foi, par exemple, n'est pas un acte de notre volonté. Sur ce point capital comme en des questions plus accessoires, mon oncle a pris ses désirs pour des réalités. Je dois vous dire sans équivoque, amiral, qu'en matière de croyances, le vent du siècle et de la science a soufflé sur moi comme sur mes contemporains et qu'il y a fait table rase. Quant à mon goût pour la campagne et à mon projet de quitter Paris, il n'en a jamais été question jusqu'ici que dans l'imagination et l'affection de mon oncle.

» J'ai l'amertume de penser, mon cher amiral, que ces aveux vont peut-être anéantir des espérances auxquelles je m'étais si passionnément attaché. Mais jamais je ne devrai mon bonheur à un mensonge. Si j'ai de grands défauts, l'hypocrisie du moins n'en fait pas partie.

» Il est à peine utile de vous dire, amiral, que si je dois m'éloigner, vous fixerez le moment de mon départ. Ce sera dès demain, si vous le désirez. J'attends vos ordres, non sans une profonde anxiété, mais avec la plus respectueuse soumission.

» B. DE MONTAURET DE VAUDRICOURT. »

Un domestique est allé ce soir porter cette lettre à Varaville ; il est revenu sans réponse.

30 septembre.

Un exprès m'a apporté ce matin la réponse de l'amiral ; la voici :

« Mon cher vicomte,

» Votre lettre m'a causé personnellement la plus pénible surprise. Sans connaître et sans vouloir préjuger les dispositions de ma belle-sœur, et encore moins celles de ma nièce, j'avais de l'estime et de l'affection pour vous, et je n'étais pas loin de faire, de mon côté, le rêve que votre oncle faisait du sien. Je n'ai pas besoin de vous assurer, mon cher vicomte, que l'estime et l'affection vous restent ; mais, quant au rêve, pour être aussi franc que vous, je dois vous avouer qu'il ne peut plus être qu'un souvenir. Ma conviction est que les pires mésalliances sont les mésalliances morales ; or, suivant moi, la croyance religieuse constituant le fond même de la vie morale, votre complet dissentiment avec ma nièce sur un point si essentiel met entre vous deux un abîme infranchissable.

» Sans insister davantage, je dois ajouter que je serais très étonné si je n'étais pas, en cette circonstance, l'interprète des sentiments de mes parentes, comme des miens propres.

» Ceci dit, mon cher vicomte, je ne vois pas pourquoi vous prendriez brusquement la fuite comme un coupable, que vous n'êtes pas, ou comme un prétendant éconduit, que vous n'êtes pas davantage. Car, en réalité, vous ne nous avez adressé aucune demande, et vous n'avez point subi de refus. Nous supposerons, si vous le voulez bien, que vous appartenez à la communion protestante ou au culte israélite : quoiqu'un tel fait éloignât à jamais toute pensée d'alliance entre nos deux familles, il ne mettrait aucun obstacle aux relations que nous serons toujours heureux d'entretenir avec un aimable voisin tant qu'il lui plaira de prolonger son séjour dans ce pays.

» Recevez, mon cher vicomte, avec l'assurance de ma parfaite estime, ma cordiale poignée de main.

» AMIRAL BARON DE COURTEHEUSE. »

Si je comprends bien l'amiral, on paraît désirer à Varaville que je ne donne pas l'éveil à la malignité provinciale, par un départ précipité. On veut que nos relations n'aient pas l'air de se rompre, mais de se dénouer naturellement. Soit. Je vais annoncer dans le voisinage que je compte retourner à Paris dans une quinzaine de jours, et, d'ici là, je me ferai voir de temps en temps chez les Courteheuse sur le pied ordinaire. Les bruits vagues d'un mariage projeté se dissiperont ainsi d'eux-mêmes.

Peut-être aussi veut-on me prouver, en montrant cette indifférence sur la durée de mon séjour, qu'on ne redoute point ma présence pour la tranquillité de mademoiselle de Courteheuse, et que son cœur est intact. — Nous verrons.

7 octobre.

J'arrive de Varaville. J'y étais entré en bon garçon, sans façon, en revenant de la chasse. L'amiral a été convenable ; mais les femmes, moins maîtresses de leurs passions, n'ont pas su se contraindre : madame de Courteheuse était gourmée et glaciale ; sa sœur, madame de Varaville franchement maussade, mademoiselle Aliette triste et silencieuse. Sa tante affectait ridiculement de se tenir entre nous pour la préserver du contact impur. — Quant au petit frère, il est retourné à Cherbourg.

Je suis sorti de là exaspéré.

MADAME DE COURTEHEUSE ÉTAIT GOURMÉE ET GLACIALE.

— Je l'épouserai ! — Je l'enlèverai, s'il le faut : mais par le Ciel, je l'épouserai !... — et elle sera heureuse, et je leur prouverai qu'un homme qui ne croit à rien peut être un homme de cœur et d'honneur et faire un aussi bon mari qu'un autre !

Aliette me plaît. Je puis même dire, — autant que je suis capable d'un sentiment de ce genre, — que je suis amoureux d'Aliette. J'adore le retroussis de ses cheveux cendrés et lustrés qui fait penser à une fine quenouille de fée... Mais quand même je n'aimerais pas Aliette, je l'épouserais encore pour me procurer la jubilation de vexer sa mère et de consterner sa tante. La mère, majestueuse et pincée, ressemble à cette insupportable madame de Maintenon. La tante ressemble à une imbécile. Jamais idées plus plates et dévotion plus étroite ne se sont logées dans les méninges d'une vieille fille.

Quels moyens emploierai-je pour satisfaire à la fois mon amour et ma haine? Je n'en sais absolument rien. Mais je dois réussir parce que mon flair, assez subtil en ces matières, me dit que j'ai des intelligences dans la place, qu'il y a un traître dans la garnison. — C'est Aliette. Sa tristesse est significative. Malgré tout ce qui nous sépare, elle a un faible pour moi. J'ajoute que je n'en suis pas surpris. Elle est pieuse, elle est honnête, elle est parfaite, mais elle est femme, et qui sait si le mal qu'on lui a dit de moi pour la détacher n'a pas produit un effet contraire? Les femmes aiment les mauvais sujets et elles ont extrêmement raison, attendu que les mauvais sujets sont beaucoup plus aimables que les bons.

La chose indispensable, c'est de voir Aliette seule : tel est évidemment l'objectif vers lequel doivent tendre désormais mes remarquables facultés. Ma première idée a été naturellement de lui écrire : mais cette idée m'a fait hausser les épaules. Dans les circonstances difficiles, quand un homme écrit au lieu d'agir, c'est un littérateur et rien de plus.

12 octobre.

Je suis retourné deux fois chez les Courteheuse. J'y ai été reçu la première fois avec froideur, la seconde avec horreur. Madame de Courteheuse et sa vieille sœur m'ont fait l'accueil qu'elles feraient à l'Antéchrist s'il avait l'aplomb de se présenter chez elles. Quant à mademoiselle Aliette, elle n'a point paru ; je suppose qu'on l'a confinée dans sa chambrette et qu'elle y restera tant que je serai dans le pays.

C'est très bien.

Je n'hésite pas à déclarer que dès ce moment je me regarde comme en état de guerre avec la famille de Courteheuse, et que je compte user de tous les droits que l'état de guerre comporte. Mes motifs ne sont point vils. Je ne prétends pas séduire Aliette, mais l'épouser, et si le mariage m'offre au point de vue de l'intérêt quelques avantages, ils ne dépassent pas ceux que mon nom et ma situation me permettent d'espérer. Je lutte donc simplement pour mon amour, pour la justice et le bon sens contre le fanatisme de trois vieilles femmes (car l'amiral lui-même ne mérite pas d'autre qualification). Pour une pareille lutte, toutes les armes, toutes les surprises et toutes les ruses de l'amour militant, y compris l'escalade, me paraissent parfaitement légitimes.

16 octobre.

J'ai consacré quelques jours à observer les allures habituelles de mademoiselle Aliette ; sous prétexte de chasse, je n'ai cessé de rôder dans les champs et dans les bois qui environnent le château à tourelles où cette malheureuse jeune fille est prisonnière. Si elle en sort, si elle va à l'église ou au village, c'est avec sa mère ou avec sa tante. Si elle monte à cheval, son oncle l'accompagne et un domestique la suit. L'aborder dans ces conditions serait inutile. Je me contente de la saluer avec grâce ; je tire cependant dans la plaine et dans la forêt une quantité innombrable de coups de fusil sur un gibier imaginaire. J'entretiens ainsi chez mademoiselle de Courteheuse l'idée troublante de ma persévérance et celle de ma proximité. C'est quelque chose, mais ce n'est pas assez. Je compte faire mieux.

17 octobre.

Le seul endroit du monde où je puisse espérer de la rencontrer en tête à tête, c'est le jardin du château. Là elle est moins surveillée. On ne craint pas de

SOUS PRÉTEXTE DE CHASSE, JE N'AI CESSÉ DE RODER DANS LES CHAMPS ET DANS LES BOIS QUI ENVIRONNENT LE CHATEAU.

l'y laisser seule, parce que ce jardin lui-même est une prison. Il faut, pour y pénétrer, traverser la cour et passer sous les fenêtres de l'habitation. Il est vaste, mais entouré à droite et à gauche de murs élevés : au fond se trouve une sorte de labyrinthe de charmilles à la vieille mode, dont les détours compliqués accèdent à une terrasse également encadrée de charmilles. Au centre de la terrasse s'élève en forme de dôme une de ces grandes tonnelles qu'on appelle encore en province des salles de verdure. Le tout est séparé des bois contigus par un fossé ou saut-de-loup rempli d'eau, et large d'environ quatre mètres. C'est uniquement par là qu'on peut avoir quelque chance de s'introduire dans les jardins sans être aperçu. C'est la voie que j'ai choisie... Hier matin j'ai laissé mon chien à la maison et mon fusil dans le bois, et m'aidant d'un baliveau coupé à cette intention, j'ai franchi le saut-de-loup, car je suis leste et hardi. Je savais que la grande tonnelle de la terrasse est pour mademoiselle de Courteheuse un lieu de promenade et de retraite favori. Elle y vient souvent lire, travailler ou rêver, car c'est une jeune personne romanesque. Je le suis moins qu'elle, et cependant il m'eût été infiniment agréable d'entrevoir sa tête blonde à travers le feuillage dans la pénombre de ce bosquet. Mais je n'eus pas cet avantage. La tonnelle était déserte.

M'AIDANT D'UN BALIVEAU, J'AI FRANCHI LE SAUT-DE-LOUP.

Je n'avais pas risqué de me rompre la

colonne vertébrale pour m'en tenir là. Je me glissai donc de charmille en charmille à travers les allées tournantes avec la prudence d'un Mohican. J'eus bientôt en vue la partie découverte du jardin : ce jardin n'est, en réalité, qu'une sorte de grand potager où les arbres fruitiers se mêlent aux fleurs dans les plates-bandes à bordures de buis. Du premier coup d'œil j'aperçus, par-dessus la haie touffue derrière laquelle je m'abritais, mademoiselle de Courteheuse elle-même, que je reconnus à la couleur de ses cheveux et à sa fraîche toilette du matin ; car autrement son attitude était si singulière qu'il m'eût été difficile de constater son identité. Elle était comme prosternée sur ses genoux à l'angle d'une allée, devant une plate-bande, le corps incliné et la tête penchée presque jusqu'à terre. Ma première pensée fut qu'elle s'était trouvée mal subitement et qu'elle était tombée là, au milieu de sa promenade, succombant aux émotions trop vives d'un amour contrarié. Il me sembla même d'abord, à certains mouvements de sa tête, qu'elle sanglotait. Mais une observation plus prolongée me démontra que mademoiselle de Courteheuse faisait simplement son premier déjeuner. Agenouillée devant un groseillier, elle en cueillait les dernières grappes, à demi confites par l'automne, et s'en régalait en mordant alternativement dans un gros morceau de pain de cuisine.

Elle formait peut-être ainsi un joli tableau. C'est possible. Mais ce tableau contrastait si violemment avec les idées dont j'étais occupé et dont je la croyais occupée elle-même, que j'en fus profondément choqué. — Comment ! au moment où je la supposais fatiguée par la passion et épuisée par l'insomnie, elle déjeunait tranquillement au pied d'un groseillier ! — Manquerait-elle de cœur ?

Quoi qu'il en soit, je vis la transition si forte et si difficile entre la scène dont j'étais témoin et celle à laquelle je m'étais préparé, que je renonçai à profiter de l'occasion que j'avais tant cherchée et qui semblait m'être offerte. — Je repris, non sans mélancolie, le chemin du saut-de loup et je le franchis de nouveau, mais avec moins d'entrain que la première fois. — Il m'a paru plus large.

Je ne recommencerai pas ce tour de force. Outre que je n'aime pas à être ridicule, ne fût-ce que devant moi-même, je sens que je suis mal à l'aise dans les voies obliques. Je suis né décidément pour les chemins droits et pour les armes loyales. — Je m'en félicite.

La situation est compromise. Elle n'est pas perdue. J'ai mon projet. Je vais attaquer franchement l'obstacle.

18 octobre.

Mon projet était de partir ce matin pour Saint-Méen, qui est à une quinzaine de lieues d'ici. C'est le chef-lieu épiscopal et la résidence de monseigneur de Courteheuse, frère de l'amiral et oncle d'Alliette. C'est, dit-on, un bon prêtre et un esprit assez large, quoique un peu ardent. On assure, — et cela est naturel, — qu'il exerce une influence prépondérante dans sa pieuse famille. Il est tout à fait invraisemblable qu'on ne l'ait pas tenu au courant de mes prétentions à la main de sa nièce et de tous les incidents qui ont marqué nos relations. Il a pour Aliette, si j'en crois mon oncle, une tendresse paternelle. Gagner ce prélat, ce serait, suivant toute apparence, gagner ma cause. L'entreprise ne doit pas être aisée.

Mais quand on paye bravement de sa personne, j'ai vu souvent qu'on obtient l'impossible.

Au moment où j'allais monter en voiture pour me rendre à la gare, mon oncle est accouru, et avec cet air égaré qui ne le quitte plus depuis que nos affaire se sont gâtées, il m'a annoncé que monseigneur de Courteheuse venait d'arriver à Varaville. Il a ajouté qu'il y avait été certainement appelé d'urgence, parce qu'il n'est pas dans ses habitudes d'y venir à cette époque de l'année. Après deux minutes de réflexion, j'ai répondu à mon oncle que je regardais l'arrivée de l'évêque comme une de ces circonstances que nos pères appelaient providentielles : en premier lieu, parce qu'elle m'épargnait le voyage ; et secondement, parce qu'elle me paraissait un excellent symptôme en notre faveur.

Mon oncle s'est récrié :

— Il me semble, a-t-il dit, que c'est tout le contraire, et que l'évêque vient porter le dernier coup à nos espérances !

— Éloignez, mon oncle, lui ai-je dit, ce sombre pessimisme. On n'eût pas dérangé l'évêque s'il y eût eu un accord parfait dans la famille sur la question qui nous intéresse. Puisqu'il y a des dissentiments, puisqu'on sent le besoin d'un arbitre, c'est que la partie n'est pas définitivement perdue pour nous, comme nous pouvions le craindre... Voulez-vous toute ma pensée, mon oncle ? Je suis persuadé que c'est Aliette qui a mandé l'évêque.

— Et quelle conclusion en tires-tu ?

— J'en tire la conclusion que mademoiselle de Courteheuse n'est ni aussi résignée, ni aussi indifférente qu'elle m'avait paru l'être hier matin au pied de son groseillier.

J'avais raconté à mon oncle ma mésaventure de la veille.

Je suis remonté chez moi et j'ai rédigé ce simple billet.

« Monseigneur,

» J'apprends votre arrivée au moment où je me disposais à partir pour Saint-Méen, afin de solliciter de Votre Grandeur un moment d'audience. Puis-je espérer qu'elle voudra bien me l'accorder pendant son séjour à Varaville ? A la veille de quitter ce pays probablement pour toujours, ce serait pour moi un éternel regret de n'avoir pu vous entretenir des sentiments dont j'ai le cœur pénétré.

» Ils sont inséparables de la profonde vénération et de l'absolue déférence dont je prie votre Grandeur d'agréer la respectueuse expression.

» BERNARD DE VAUDRICOURT. »

Une heure après je recevais cette carte :

L'ÉVÊQUE DE SAINT-MÉEN

Recevra M. le vicomte de Vaudricourt à quatre heures.

A trois heures et demie j'entrais à Varaville par la grande porte. On m'a dit que l'évêque était dans le jardin avec mademoiselle Aliette et qu'on allait les prévenir. J'ai attendu assez longtemps, puis j'ai entrevu, sortant du labyrinthe, la soutane violette et le chapeau à bourdalou d'or du prélat : Aliette marchait près de lui. Ils ne m'ont pas vu d'abord, car ils continuaient leur conversation de leur voix ordinaire, et j'ai pu entendre confusément quelques mots.

— Mon Dieu ! c'est pourtant bien délicat... bien terrible, ma chère, disait l'évêque, d'un ton remarquablement vif et brusque.

— Oh ! mon oncle, ne revenez pas... ne retirez rien !

— Je ne retire rien... mais nous sommes si exaltés, si romanesques tous deux, ma pauvre enfant !

— J'ai confiance, mon oncle.

ALIETTE MARCHAIT PRÈS DE LUI.

— Oui, sans doute... mais en cas de mécompte, tu serais si malheureuse !... et moi-même...

L'interruption soudaine du dialogue m'a appris qu'ils m'avaient aperçu. J'ai fait quelques pas au-devant d'eux et je les ai salués. J'ai pu reconnaître qu'Aliette avait beaucoup pleuré et, à ma grande surprise, il y avait aussi des traces de larmes dans les yeux et sur le visage de l'évêque. Ils venaient certainement de prier et de pleurer ensemble. En voyant leur émotion et en me rappelant les paroles que je venais de surprendre malgré moi, je n'ai pu me défendre de quelques réflexions pénibles, gênantes pour ma délicatesse, et dont on retrouvera tout à l'heure l'impression dans mon entretien avec l'oncle d'Aliette.

Nous avons échangé en marchant quelques politesses banales. Puis, comme nous entrions dans la cour, mademoiselle Aliette nous a quittés avec un léger salut, et l'évêque m'a introduit dans l'appartement qui lui était réservé au rez-de-chaussée du château.

Monseigneur de Courteheuse ne paraît guère avoir plus de cinquante ans ; il est assez grand et fort maigre ; les yeux noirs et très vivants sont entourés d'un cercle bistré. La parole et le geste sont animés, et parfois comme emportés. Il prend souvent des airs furieux qui se

A PEINE ASSIS, IL M'A, D'UN GESTE DE LA MAIN, INVITÉ A PARLER.

fondent tout à coup dans un sourire de brave homme. Il a de beaux cheveux argentés qui voltigent en mèches folles sur son front, et de belles mains d'évêque. Quand il se calme, il a une façon imposante de se redresser doucement dans sa dignité sacerdotale. En somme, c'est une physionomie passionnée et dévorée de zèle, mais franche et sincère.

A peine assis, il m'a d'un geste de la main, invité à parler.

— Monseigneur, ai-je dit, je viens à vous, vous le comprenez, comme à mon recours suprême... Ma démarche est presque un coup de désespoir... car il semblerait au premier abord que personne dans la famille de mademoiselle de Courteheuse ne devrait se montrer plus impitoyable que vous pour les torts qui me sont reprochés. Je suis un incrédule, et vous êtes un apôtre. Et cependant, monseigneur, c'est souvent chez de saints prêtres comme vous que les coupables trouvent le plus d'indulgence... et je ne suis pas même un coupable, je ne suis qu'un égaré... On me refuse la main de mademoiselle votre nièce parce que je ne partage pas sa foi... la vôtre... Mais, monseigneur, l'incrédulité n'est pas un crime, c'est un malheur... Oh ! je sais ce qu'on dit souvent : « Un homme nie Dieu quand il s'est mis par sa conduite dans le cas de souhaiter que Dieu n'existe pas... » On le rend ainsi coupable et responsable en quelque sorte de son incrédulité... Pour moi, monseigneur, j'ai consulté ma conscience avec la plus entière sincérité, et quoique ma jeunesse ait été mauvaise, je suis certain que mon athéisme ne procède d'aucun sentiment d'intérêt personnel. Tout au contraire, je puis vous dire avec vérité, monseigneur, que le jour où j'ai senti ma foi s'anéantir, le jour où j'ai perdu l'espoir en Dieu, j'ai versé les larmes les plus amères de ma vie. — Je ne suis pas, malgré les apparences, un esprit aussi léger qu'on le croit. Je ne suis pas de ceux chez qui Dieu disparu ne laisse point de vide ; on peut être, soyez-en sûr, un homme de sport, un homme de club, un homme d'habitudes mondaines, et avoir pourtant ses heures de réflexion et de recueillement. Dans ces heures-là, pensez-vous qu'on ne sente pas le malaise affreux d'une existence sans base morale, sans principes, sans but au delà de la terre ?... Et cependant, monseigneur, que faire ?... Vous me diriez à l'instant même, avec la bonté, avec la compassion que je lis dans vos yeux : « Confiez-moi vos objections contre la religion, et je vais essayer de les résoudre. » — Je ne saurais que vous répondre... Mes objections se nomment légion... elles sont sans nombre comme les étoiles du ciel... elles nous arrivent de toutes parts, des quatre coins de l'horizon, comme sur les ailes des vents, et elles ne laissent en nous, en passant, que ruines et ténèbres... Voilà ce que j'ai éprouvé, moi comme bien d'autres, et cela a été aussi involontaire que cela est irréparable.

— Et moi, monsieur, m'a dit brusquement l'évêque en me jetant un de ses regards les plus furieux, est-ce que vous croyez que je joue la comédie dans ma cathédrale?

— Monseigneur !...

— Non... c'est qu'à vous entendre, nous en serions venus à une période du monde où il faut de toute nécessité être un athée ou un tartufe !... Or personnellement j'ai la prétention de n'être ni l'un ni l'autre.

— Ai-je besoin de me défendre sur ce point, monseigneur? Ai-je besoin de vous dire que je ne suis pas venu ici pour vous offenser?

— Sans doute... sans doute... Eh bien ! monsieur, j'admets, — non sans de grandes réserves, notez bien... car on est toujours plus ou moins responsable du milieu où l'on vit, des courants qu'on subit, du tour habituel que l'on donne à ses pensées... mais enfin j'admets que vous soyez victime de l'incrédulité du siècle, que vous soyez tout à fait innocent de votre scepticisme... de votre athéisme, puisque vous ne craignez pas les gros mots, n'en est-il pas moins certain que l'union d'une fervente croyante comme ma nièce avec un homme comme vous serait un désordre moral, dont les conséquences pourraient être désastreuses? Croyez-vous que mon devoir comme parent de mademoiselle de Courteheuse, comme son père spirituel, comme évêque, soit de prêter les mains à un pareil désordre, de présider à l'union effrayante de deux âmes que l'étendue des cieux sépare? — Croyez-vous que ce soit mon devoir, monsieur..., répondez-moi ?

Le prélat, en me posant cette question tenait ses yeux fixés ardemment sur les miens.

— Monseigneur, ai-je répondu après un moment d'embarras, vous connaissez aussi bien et mieux que moi l'état du monde et de notre pays, en ce temps-ci... Vous savez que je n'y suis pas malheureusement une exception..., les hommes de foi y sont rares... et souffrez que je vous dise toute ma pensée, monseigneur, si je devais avoir l'inconsolable amertume de renoncer au bonheur que j'avais espéré, êtes-vous sûr que l'homme à qui vous donnerez un jour ou l'autre mademoiselle votre nièce ne serait pas quelque chose de pire qu'un sceptique et même qu'un athée?

— Et quoi donc, monsieur?

— Un hypocrite, monseigneur. — Mademoiselle de Courteheuse est assez belle et assez riche pour éveiller des ambitions qui pourraient être moins scrupuleuses que la mienne... Quant à moi, si vous savez que je suis un sceptique, vous savez aussi que je suis un homme d'honneur..., c'est quelque chose.

— Un homme d'honneur, monsieur, un homme d'honneur..., a murmuré l'évêque avec un peu d'humeur et d'hésitation, mon Dieu ! je le crois...

— Non, vous en êtes certain, monseigneur, ai-je repris vivement, car, permettez-moi de vous le rappeler, si j'avais eu moins de loyauté, je serais aujourd'hui le fiancé de mademoiselle Aliette.

Il s'est redressé sur son fauteuil avec dignité, et a dit simplement :

— C'est vrai.

Il m'a regardé ensuite jusqu'au fond des yeux pendant quelques secondes.

— Eh bien ! monsieur, sur cet honneur dont vous êtes si fier, oseriez-vous m'affirmer que les croyances de ma nièce ne souffriraient par votre fait aucune altération, que vos habitudes de langage, vos persiflages malveillants, ou même vos ironies involontaires, ne jetteraient pas dans cette jeune âme charmante la tristesse, le trouble... et peut-être même un jour le doute? Croyez-vous qu'elle veuille s'exposer et que je veuille l'exposer moi-même à de pareils hasards?

— Monseigneur, je vous répondrai nettement que je me regarderais comme un drôle si je ne respectais pas avec scrupule la croyance de ma femme. Jamais un mot de raillerie sur les choses religieuses n'est sorti de mes lèvres. Je suis un incroyant, je ne suis pas un impie. Jamais je n'ai insulté ni n'insulterai ce que j'ai adoré. Je comprends trop bien qu'on puisse perdre la foi, mais ce que je ne comprends pas, c'est qu'un homme qui, dans son enfance, s'est agenouillé devant la croix à côté de sa mère ne respecte pas à jamais dans cette croix son enfance et sa mère !

J'avais parlé avec quelque chaleur. Les yeux du prêtre se sont mouillés, et j'avoue que son émotion m'a un peu gagné.

— Allons ! monsieur, m'a-t-il dit doucement, vous n'êtes pas si désespéré que vous le croyez. Ma chère Aliette est une de ces jeunes enthousiastes par qui Dieu fait quelquefois des miracles...

— Monseigneur, quoi qu'il puisse m'en coûter au moment où je sens votre cœur s'ouvrir pour moi, je vous dirai la vérité jusqu'au bout..., je ne veux pas, je le répète, devoir mon bonheur à un mensonge. Je veux vous avouer que j'ai entendu tout à l'heure, malgré moi, quelques mots de votre conversation avec mademoiselle votre nièce : j'ai cru comprendre, et je crois comprendre mieux encore, que l'espérance de me ramener à la foi, de me convertir enfin, serait le motif qui pourrait déterminer votre consentement à tous les deux... Eh bien ! monseigneur, je vous ai dit ce que vous n'auriez pas à craindre de moi ; je veux vous dire de même ce que vous n'avez pas à en espérer. Je sens que les croyances surnaturelles sont détruites en moi pour jamais, que les racines mêmes en ont péri..., qu'il n'y a pas enfin un rocher de la mer Rouge qui soit plus rebelle à toute végétation que mon âme à tout germe de foi.

— Puisque vous le pensez, monsieur, a répondu l'évêque, il est honnête de le dire... Mais Dieu a ses voies.

Il s'est levé.

— Mon fils, a-t-il repris d'une voix grave, je vais finir par une parole que j'emprunte à un saint pape : — la bénédiction d'un vieillard ne peut jamais faire de mal... Voulez-vous recevoir la mienne?

Je me suis incliné profondément.

Il a tracé dans l'air les signes mystiques. — Je l'ai salué de nouveau et je me suis retiré.

Il m'a rappelé comme j'allais sortir :

— Monsieur de Vaudricourt, ne vous en allez pas. Veuillez nous attendre au jardin.

. . . .

Ici se termine ce journal avec la crise particulière de ma vie qui m'en avait suggéré la fantaisie. — Mademoiselle de Courteheuse, avec l'agrément de sa famille, veut bien m'accorder sa main. Je la reçois avec une profonde reconnaissance, et je ferai tout mon possible pour que ma femme soit une femme heureuse, comme elle est une femme aimée, honorée et charmante.

RÉCIT

Le journal du vicomte Bernard n'était pas terminé, comme il le supposait. Il n'était que suspendu. M. de Vaudricourt devait le reprendre un jour sous l'impression d'une crise au moins égale à celle qui lui avait mis pour la première fois la plume à la main.

Un intervalle de plusieurs années sépare ces deux parties, ou, pour mieux dire, ces deux fragments du journal de Bernard. Nous remplirons de notre mieux cet intervalle à l'aide de quelques documents de famille et de nos souvenirs personnels.

Ce serait faire tort au vicomte de Vaudricourt que de prendre au pied de la lettre le portrait qu'il traçait de lui-même dans les pages qu'on vient de lire. Mais à travers les exagérations voulues et l'affectation visible du peintre, le lecteur aura suffisamment démêlé la ressemblance. Il aura entrevu que le vicomte de Vaudricourt, à l'époque où il entra en relations avec la famille de Courteheuse, n'était pas uniquement l'espèce de fat et de gouailleur à peine supportable pour lequel il se donne trop volontiers. Il fallait d'autres mérites pour expliquer le prestige qu'il exerça sur une personne du caractère de mademoiselle de Courteheuse. Nul doute assurément que mademoiselle Aliette, en sa qualité de femme, et bien qu'appartenant à la plus pure élite de son sexe, n'eût été frappée des dehors brillants du vicomte, et attirée comme une autre par l'éclat et l'élégance de sa personnalité mondaine. Mais nul doute également que si ces qualités extérieures n'eussent été soutenues chez ce jeune homme par quelque fonds sérieux et rare, la curiosité première de la femme ne se fût vite tournée, chez mademoiselle de Courteheuse, en indifférence et en dédain. Elle avait d'abord été étonnée et intéressée par une simplicité de façons assez inattendue chez un pareil vainqueur. Car ce jeune et dangereux Bernard, plus que passablement impertinent en son particulier, portait dans le monde, par une sorte de coquetterie inconsciente, des allures et un langage très courtois et même modestes, avec cette souplesse aisée qui se plie à l'humeur de chacun, et cette douceur caressante qui plaît tant chez les forts. C'était de plus une intelligence cultivée qui n'était étrangère à rien, et dont toutes les facettes miroitaient très agréablement, quand cela lui convenait. Enfin on sentait en lui une âme fière, généreuse et loyale, ennemie jusqu'au scrupule de toutes choses obliques, une âme vraiment d'une qualité supérieure. Sauver une telle âme, la ramener à Dieu, c'était une tentation qui devait être très puissante sur l'esprit d'une jeune chrétienne passionnément croyante. Ce fut l'excuse que mademoiselle de Courteheuse donna à un attachement que son cœur approuvait peut-être plus que sa raison. Ce fut aussi, comme l'avait bien compris M. de Vaudricourt, l'excuse que le digne prêtre, oncle d'Aliette, se donna à lui-même pour justifier sa faiblesse envers une nièce qu'il adorait. Ils étaient tous deux, comme le disait le bon évêque, deux exaltés, deux enthousiastes, — et qui de nous n'a connu parmi les prélats de notre temps, — et parmi les meilleurs, — quelqu'un de ces cœurs chauds, quelques-unes de ces âmes ardentes et saintement romanesques? — Les blâme qui voudra. Pour nous, nous aimons et nous saluons l'enthousiasme, même quand il paraît s'égarer. Ce n'est pas de ce côté que le monde penche.

I

Le mariage de M. de Vaudricourt et de mademoiselle de Courteheuse eut lieu dans les premiers jours du mois de janvier de l'année suivante. Quelques semaines furent consacrées à l'installation du jeune ménage dans un joli hôtel du quartier Monceau, après quoi, monsieur et madame de Vaudricourt partirent pour l'Italie. Une circonstance particulière, qui n'avait rien d'imprévu, abrégea un peu leur voyage et les ramena à Paris vers la fin d'avril. Alors seulement, à proprement parler, commençait pour eux l'épreuve de la vie commune.

A moins de tomber sur un monstre, — ce qui est toujours une exception, — il est rare qu'une femme ne soit pas à peu près heureuse pendant la première année de son mariage. Quand elle a, comme madame de Vaudricourt, le précieux avantage de se trouver grosse au bout de quelques mois, les difficultés n'en sont que mieux ajournées ; ce lien tout nouveau, que l'accoutumance relâchera plus tard, mais qui est alors dans toute sa force, engage la délicatesse du mari et l'oblige à une certaine assiduité. C'est de plus, entre le père et la mère, un sujet de conversation toujours prêt, facile, abondant et d'un intérêt à peu près égal pour tous deux. Enfin si le mari, comme il arrive quelquefois, conserve dans son nouvel état quelques regrets de sa vie antérieure, s'il a laissé dans son cercle, dans les boudoirs ou ailleurs, quelques habitudes vers lesquelles il commence à retourner la tête avec mélancolie, il prend patience, il se dit que la situation présente n'est qu'un accident, que c'est un temps à passer, et que ce qui est différé n'est pas perdu. De cette façon, tout va bien dans le ménage, et tout le monde est satisfait : la femme, parce qu'elle se persuade que les choses iront toujours ainsi, et le mari, parce qu'il est persuadé du contraire.

Toutefois cette première et heureuse période de la vie conjugale ne devait pas être elle-même sans amertume pour madame de Vaudricourt. La pauvre Aliette, qui n'ignorait pas que Bernard et son oncle faisaient fond sur elle pour la perpétuité de leur nom de famille, eut le gros chagrin de mettre au monde une petite fille, extrêmement jolie à la vérité, mais enfin une fille. Elle en demanda pardon en pleurant à M. de Vaudricourt, qui la consola avec ses grâces habituelles, en lui disant gaiement que cela se retrouverait et que cette petite erreur s'expliquait assez par l'émotion inséparable d'un début.

Madame de Vaudricourt eut par surcroît le regret de ne pouvoir nourrir sa fille. Mais elle lui consacra du reste son temps et ses soins avec ce profond sentiment du devoir et cette ardeur de tendresse qui lui étaient propres. Sa fille lui servit aussi d'honnête prétexte dans les premiers temps pour se refuser aux empressements des salons parisiens où son mariage avec le très brillant et très recherché vicomte de Vaudricourt lui assurait un succès non pas peut-être de vive sympathie, mais de vive curiosité. Cette circonstance se trouvait d'ailleurs à propos pour lui faciliter l'exécution du plan d'existence qu'elle s'était tracé d'après les conseils de son oncle, et dans lequel les plaisirs courants du monde devaient tenir peu de place. Monseigneur de Courteheuse et sa nièce, sans avoir jamais vécu à Paris, si ce n'est à de rares intervalles et pendant de courts séjours, avaient l'un et l'autre l'esprit trop ouvert et trop attentif pour ne pas apprécier assez exactement le caractère de la vie mondaine à Paris. Ils n'apportaient dans cette appréciation ni les préventions ombrageuses de l'esprit dévot, ni la pruderie effarouchée de l'esprit provincial : ils y apportaient plutôt un peu d'innocence, comprenant seulement que la variété et la multiplicité des occasions devaient mettre dans les existences parisiennes une dissipation excessive qui ne se conciliait pas avec l'idée qu'ils se faisaient l'un et l'autre du sérieux de la vie. Madame de Vaudricourt, qui était un esprit fort avisé, n'avait pas tardé à entrevoir à mesure qu'elle pénétrait avec plus de suite dans le milieu parisien, que ce n'était pas seulement la multiplicité des distractions, mais aussi leur qualité, qui s'accordait mal avec son éducation et ses sentiments personnels. Ce ne fut encore dans cette phase de sa vie qu'une vision vague et une perception indécise de choses inconnues et déplaisantes. Mais c'en fut assez pour la renfermer plus strictement dans le programme d'existence qu'elle avait résolu d'adopter, non seulement parce qu'il était conforme à ses goûts, mais parce qu'il lui paraissait le plus propre à l'objet qui passionnait sa pensée, c'est-à-dire à la conversion de son mari.

ELLE EN DEMANDA PARDON EN PLEURANT A M. DE VAUDRICOURT.

Les instructions de son oncle, d'accord avec ses propres inspirations, lui avaient fait reconnaître le danger de toute tentative de prosélytisme direct sur l'esprit de Bernard.

— Ne prêche que d'exemple, lui avait dit le sage prélat. N'attaque jamais la question religieuse avec ton mari, ni par des reproches, ni par des exhortations, ni même par des allusions. Tu le fatiguerais et tu le rebuterais. Montre-lui seulement la douceur d'un foyer chrétien au milieu des désordres du monde. Fais-toi connaître, aimer et bénir, afin qu'il connaisse, qu'il aime et qu'il bénisse un jour le Dieu qui t'a faite ce que tu es.

Après avoir accompli la fatigante tournée des visites obligatoires, madame de Vaudricourt prit donc prétexte de ses devoirs maternels pour limiter ses relations dans le cercle restreint des parents et des amis particuliers de son mari. Du reste, elle se tenait chez elle le plus qu'elle pouvait, déployant pour orner sa maison toutes ses vertus de bonne petite ménagère de province et tout son goût ingénieux de femme élégante. Son salon et son boudoir, pleins de verdure et de fleurs, offraient dans leurs mystérieux arrangements un attrait pénétrant d'aimable retraite et de gracieuse intimité. Dans ces combinaisons douces et savantes qu'elle passait des heures chaque jour à perfectionner, elle s'était, il faut l'avouer, cruellement écartée de la sévérité du style Louis XIV : mais il fallait avant tout plaire à son seigneur et maître et s'accommoder à ses faiblesses. Comme correctif à ces délicatesses un peu molles, Aliette avait transformé en bibliothèque un de ses salons, et y avait rangé avec respect, entre des bustes romains, les livres de son père, qu'elle avait apportés de Varaville. Son rêve était de relire souvent ces vieux livres aimés, avec son jeune mari également très aimé.

Il est à peine utile d'ajouter que l'appartement particulier de M. de Vaudricourt réservait à ce gentilhomme des surprises et des attentions qui ne lui étaient certainement pas ménagées par ses domestiques. Fort soigneux de sa personne, mais du reste entièrement dépourvu d'ordre, comme la plupart des hommes dignes de ce nom, il aimait l'ordre cependant, pourvu qu'il n'eût pas à s'en occuper. C'était donc pour lui une satisfaction vive et nouvelle que de le voir régner dans son domaine privé avec une perfection raffinée et de ne pouvoir prendre un mouchoir ou une paire de gants sans respirer la bonne odeur fraîche des petits sachets que les fées glissaient secrètement dans ses armoires.

Parmi toutes les séductions que la jeune vicomtesse mettait en œuvre pour attacher son mari à son intérieur, celle sur laquelle elle comptait le moins, et sur laquelle elle aurait dû compter le plus, c'était elle-même. Non seulement elle était jolie, mais sa beauté d'enfant grave, sa démarche souple, son front d'une pureté lumineuse, son regard profond, qui avait des clartés d'émeraude, lui composaient une sorte de charme très original et très particulier. Quelques mois d'existence parisienne avaient poussé à la perfection son goût naturel, et ses toilettes avaient cette élégance pure, tranquille et correcte qui peut apprendre aux gens qui l'ignorent ce que veut dire le mot distinction. C'était d'ailleurs, comme on le sait, un esprit sérieusement nourri et orné, d'une façon un peu exclusive peut-être, mais du moins en dehors de toute banalité.

Le vicomte Bernard n'était pas insensible à toutes ces délicates attractions : mais ce qui lui en gâtait un peu l'agrément, c'est qu'il en devinait parfaitement la secrète politique. Il trouvait sa femme infiniment honnête, gracieuse et spirituelle : mais il n'en sentait pas moins qu'elle complotait de le mettre en cage pour l'apprivoiser peu à peu et lui apprendre à chanter les airs qu'elle aimait. Il en souriait doucement à part lui, et tout en se prêtant à la diplomatie de sa jeune femme avec la bonne grâce d'un homme encore épris et naturellement généreux, il n'entendait pourtant pas pousser la complaisance jusqu'à l'abandon de sa liberté d'action et de pensée. Malgré la justice qu'il rendait aux mérites d'Aliette, ce n'était pas sans un ennui secret qu'il la voyait se cloîtrer indéfiniment dans ses devoirs maternels, se dérober presque complètement au courant de la vie parisienne, et s'isoler enfin dans une sorte de thébaïde. Il appréciait, sans doute, l'intimité de sa femme, les ressources de son esprit et de son entretien. Mais il n'en était pas moins toujours un peu mal à l'aise en sa compagnie pour une raison facile à concevoir. Il y a bien peu de sujets de conversation, s'il y en a, qui, par un côté ou par un autre, ne touchent à la question religieuse, laquelle en réalité est au fond de tout. On ne s'en aperçoit guère dans une société comme la nôtre, composée généralement d'indifférents et de sceptiques, mais si l'on se trouve par hasard en présence d'un croyant fervent, — que l'on parle d'art, de science, de littérature ou de politique, — on sent la gène : on sent à tout instant qu'on va se heurter à la question de foi et choquer des sentiments qu'on veut respecter. C'est ainsi que M. de Vaudricourt et sa femme, soit dans leurs causeries d'intimité, soit dans leurs lectures en commun, soit dans l'échange de leurs impressions au théâtre et dans les musées, sentaient toujours entre eux l'embarras de ce sujet interdit.

Le vicomte Bernard, si l'on veut bien s'en souvenir, du temps qu'il faisait la cour à mademoiselle de Courteheuse, s'était flatté que le séjour de Paris aurait vite raison des excès de piété de sa fiancée, et qu'il lui ôterait ce qu'on pouvait appeler le trop-plein de ses vertus

SES TOILETTES
AVAIENT CETTE ÉLÉGANCE PURE...

tout en lui laissant le nécessaire. Mais si elle s'obstinait à vivre à Paris dans son originalité sauvage, uniquement occupée, de Dieu de son mari et de sa fille, c'était à désespérer. M. de Vaudricourt comprenait en homme d'honneur tout ce qu'il y aurait de délicat à paraître pousser sa femme à la dissipation : et, cependant, s'il pouvait honnêtement la dégager un peu de son excessive austérité, il lui semblait qu'elle y gagnerait beaucoup, et lui aussi. — Un soir, comme il fumait après diner dans sa bibliothèque, il crut pouvoir, sans être suspect de débaucher sa femme, lui

aujourd'hui principalement dans le but d'aller aux Folies-Bergères : c'est un excès, je le veux bien, mais ne tombez-vous pas vous-même dans un autre excès quand vous vous figurez que tout théâtre qui n'est pas le Théâtre-Français ou l'Opéra est un lieu de perdition?

UN SOIR, COMME IL FUMAIT APRÈS DINER DANS SA BIBLIOTHÈQUE...

proposer d'aller voir dans un petit théâtre du boulevard une pièce intitulée : — *les Six Femmes de Mollenchart,* — qui obtenait alors un succès de vogue et dont on répétait les mots dans tous les salons.

— Car enfin, ma chère Aliette, disait Bernard, vous êtes réellement trop étrangère aux choses de ce monde... La plupart des jeunes filles se marient

— *Les Six Femmes de Mollenchart,* mon ami? dit Aliette d'un air rêveur.

— Parfaitement, reprit Bernard. — Ce n'est pas *le Cid,* ni *Britannicus,* bien certainement, — c'est une farce... mais quoi?... Consultons vos oracles ! Soyez assez bonne, je vous en prie, pour me passer le deuxième volume de Molière, celui où se trouve *la Critique de l'École des Femmes...* Je lis dans l'épître dédicatoire, à Anne d'Autriche, ces propres paroles qu'on croirait adressées à la vicomtesse de Vaudricourt elle-même :

— « Je me réjouis de pouvoir encore obtenir l'honneur de divertir Votre Majesté : Elle, Madame, qui prouve si bien que la véritable dévotion n'est point contraire aux honnêtes divertissements... et qui ne dédaigne pas rire de cette même bouche dont elle prie si bien Dieu !... » Eh bien ! ma chère, qu'en dites-vous?

— Je n'ai rien à refuser à Molière ni à vous, dit gaiement la jeune femme. — Allons voir *les Six Femmes de Mollenchart* !

Chaque siècle a sa façon de plaisanter. Le XVIIe avait une manière un peu grosse, à la gauloise, mais franche, saine et inoffensive, celle de Molière. Notre siècle, plus raffiné, aime à respirer, dans les plaisanteries du théâtre et même du livre, un certain fumet de libertinage avancé. Madame de Sévigné, qui cependant aimait à rire, serait probablement restée assez froide devant *les Six Femmes de Mollenchart.* Madame de Vaudricourt, élevée à peu près dans le même milieu que l'illustre marquise, éprouva cette impression de glace, et comme une enfant bien née qu'on transporterait soudain dans quelque monde inférieur et équivoque, elle eut envie de pleurer. Elle essaya cependant de sourire pour

ELLE ESSAYA DE SOURIRE.

faire plaisir à son mari, mais elle y réussit mal, et il comprit que cette première tentative d'émancipation était manquée.

Dans le courant de cette même année, M. de Vaudricourt crut avoir découvert une occasion plus heureuse d'arracher sa femme à son rigorisme excessif et de lui inspirer enfin quelque goût pour cette vie mondaine à laquelle elle se montrait si rebelle. Il y eut, comme toujours, vers la fin de l'hiver, dans la haute société parisienne, plusieurs fêtes organisées avec éclat dans un but de charité, et en particulier un grand bal au Trocadéro avec accompagnement d'une de ces kermesses où de jolies boutiques sont tenues et achalandées par de jolies vendeuses. Le vicomte de Vaudricourt, très charitable de sa nature, avait coutume de prendre une part active à ces sortes de fêtes où il trouvait à la fois l'occasion d'être agréable aux pauvres, aux dames et à lui-même. Il lui sembla que l'objet éminemment louable et presque religieux de ces solennités mondaines devait éveiller la sympathie de son austère jeune femme et faire taire ses scrupules. Il la pressa, en conséquence, d'accepter les fonctions de dame patronnesse et de vendeuse qui lui étaient offertes avec empressement en vertu de son nom, de sa situation et de sa beauté. Mais, à la vive surprise de Bernard, madame de Vaudricourt repoussa cet honneur. — « Elle était trop timide. Elle était trop jeune. Elle ne connaissait pas assez de monde. » Comme son mari, un peu scandalisé, lui reprochait assez vivement de manquer à ses principes et même à sa foi en refusant son concours à une bonne œuvre, à une œuvre pieuse, elle finit par lui dire en riant :

— Vous m'avez lu l'autre jour, mon ami, un passage de Molière... J'ai bien envie de vous rendre la monnaie de votre pièce et de vous lire à mon tour une page de Pascal !... — c'est la lettre sur *la Dévotion aisée*... du père Lemoyne !

M. de Vaudricourt se mit à rire et n'insista pas davantage. Néanmoins il se décourageait, et après avoir fait, avec le même insuccès, quelques autres tentatives du même genre pour humaniser Aliette et la mettre dans le mouvement de la civilisation courante, il y renonça. Aliette était décidément une personne remplie de mérite, mais une petite puritaine insociable. Il fallait en prendre son parti, et lui pardonner ses bizarreries en considération de ses vertus, en la laissant vivre à sa mode farouche et se retirer du bal comme Cendrillon à l'heure où le cotillon commençait.

M. de Vaudricourt, toutefois, se crut autorisé, dès ce moment, à suivre de son côté ses goûts personnels, et se laisser aller tout doucement à reprendre à peu de chose près sa vie de garçon, en y apportant cependant, autant que possible, la discrétion d'un galant homme qui entend ménager le repos et la dignité de sa femme.

Aliette se vit donc de plus en plus abandonnée dans cet intérieur charmant préparé avec tant de soins, d'espérance et d'amour pour y attirer et y fixer son mari... Que d'heures tristes passées dans des attentes de plus en plus longues ! que de baisers douloureux donnés à sa chère petite fille, inutilement parée comme sa mère pour faire fête à un oublieux et à un ingrat ! Que de larmes brûlantes tombées sur l'enfant endormie !

Bernard la surprenait souvent les yeux rouges et encore humides, et il s'en irritait de plus en plus. Que voulait-elle enfin ? Il croyait ou il affectait de croire qu'elle avait la prétention de l'enlever à la vie de Paris et à ses plaisirs pour lui faire mener à côté d'elle une sorte d'existence claustrale. Aliette était trop sensée pour s'être jamais livrée à de pareilles imaginations. Mais elle n'aimait pas pour son mari plus que pour elle-même la violente dissipation mondaine : elle la jugeait inconciliable avec une certaine gravité de pensée. Elle avait donc souhaité ardemment de l'en retirer pour se créer avec lui un de ces foyers exceptionnels qui sont rares sans doute à Paris, mais qu'on y rencontre pourtant, qui y forment une élite presque inconnue, et qui présentent réellement le modèle d'une vie digne, intelligente et heureuse. Elle appréciait vivement elle-même les jouissances élevées et délicates qu'une grande capitale intellectuelle comme Paris offre sans cesse à l'esprit sous des formes variées à l'infini. Mais elle aurait voulu les goûter dans une intimité choisie, sérieuse et paisible, à l'écart du tourbillon désordonné, de l'ivresse mondaine et de la fièvre boulevardière qui étaient pour elle comme l'écume de Paris.

Quand elle laissait entrevoir à son mari l'espèce d'existence qu'elle rêvait, il se contentait de hausser les épaules et de murmurer les mots :

— Chimérique !... Hôtel de Rambouillet !

Cependant, le malentendu grandissait entre eux, et ces deux honnêtes gens commençaient à souffrir profondément l'un par l'autre.

Il se trouva qu'en cette phase troublée du jeune ménage, la même personne recevait à la fois les confidences éplorées de madame de Vaudricourt et celles de son mari. C'était la duchesse de Castel-Moret, vieille amie des Vaudricourt, et la seule femme avec laquelle Aliette, depuis son arrivée à Paris, eût contracté une sorte d'intimité. La duchesse était loin d'avoir en matière de morale, et surtout de religion, l'orthodoxie sévère et passionnée de sa jeune amie. Elle avait mené, il est vrai, une vie irréprochable, mais moins par suite de ses principes que par instinct et par goût naturel : elle convenait elle-même qu'elle était honnête de naissance, sans autre mérite. C'était une vieille femme très soignée, et qui sentait bon sous ses cheveux blancs. On l'aimait pour sa grâce d'un autre temps, pour son esprit et pour sa sagesse mondaine, qu'elle mettait volontiers à la disposition du public. Elle faisait çà et là quelques mariages ; mais sa spécialité était plutôt de venir en aide à ceux qui tournaient mal, ce qui n'était pas une sinécure. Elle passait ainsi le meilleur de son temps à raccommoder les ménages fêlés :

— Ça durait, disait-elle, ce que ça pouvait ; mais on sait que les bons raccommodages valent quelquefois mieux que le neuf.

La bonne duchesse, instruite peu à peu par les demi-confidences de Bernard et d'Aliette du malaise de leur situation conjugale, ne fut nullement étonnée d'entendre un jour M. de Vaudricourt faire appel à sa compétence générale sur la matière et lui demander une consultation sur son cas particulier.

— Ma chère duchesse, lui dit-il, vous savez ce qui s'est passé, et vous voyez ce qui se passe. J'ai fait absolument tout ce qui m'était possible pour arracher ma femme à cette espèce d'existence monacale où elle se complaît. Elle y a persisté... Soit ! Je respecte sa manie... Mais je ne puis pourtant pas m'enfermer

LA DUCHESSE ÉTAIT UNE VIEILLE FEMME TRÈS SOIGNÉE.

avec elle dans sa cellule pour passer ma vie à prier son Dieu, auquel je ne crois pas, — et à moucher ma fille !

— Mon cher monsieur, dit la duchesse, vous êtes en colère.

— Parfaitement. Je suis en colère, car je n'ai vraiment rien à me reprocher... Si je vais seul dans le monde les trois quarts du temps, si j'ai repris mes habitudes de cercle, n'est-ce pas sa faute ? Et maintenant elle pleure dans son coin jour et nuit..., et comme j'ai la bêtise d'avoir bon cœur, cela empoisonne ma vie... sans compter les commérages que ses singularités provoquent : les uns disent que je suis jaloux, les autres qu'elle est timbrée !... Eh bien ! est-ce agréable, je vous le demande ?

— Vous êtes réellement, dit la duchesse, un être extraordinaire. Vous avez, par hasard en ce temps-ci et en plein Paris, une femme qui n'est pas une folle, et vous vous plaignez !... Mon Dieu ! que je voudrais donc vous voir seulement pendant quinze jours attelé de front avec une aimable personne qui a fait mon bonheur à Dieppe l'été dernier, — une vraie et pure Parisienne, celle-là, une essence... Elle logeait dans mon hôtel et je ne me lassais pas de l'admirer. — Dès le point du jour, j'entendais sa canne taper dans les corridors..., je la voyais partir avec sa cour, c'est-à-dire avec quatre ou cinq gaillards dans votre genre, — et avec son mari par-dessus le marché... — Je la voyais donc partir, la jupe retroussée, pour la plage, pour la pêche à marée basse, pour le bain. Elle rentrait pour déjeuner, suivie bien entendu de ces messieurs, et je la voyais manger, pour se refaire, une salade de concombres, des rôties à la moutarde et une jatte de fraises. Après quoi, elle allait tuer quelques pigeons au *sholing* ; puis au casino, où elle avalait deux glaces et où elle perdait cinquante louis aux petits chevaux ; de là chez le photographe... Puis elle partait en break avec des grelots, et toujours avec ces messieurs, s'arrêtait au Pollet pour y manger trois livres de crevettes et aller dîner ensuite au cabaret à Arques... Puis, retour au casino, où elle regagnait ses cinquante louis au baccarat. Après quoi, elle soupait, prenait un bock, se plantait une fleur dans les cheveux, faisait un tour de valse et rentrait triomphalement à l'hôtel sur les trois heures du matin, — toujours avec ces messieurs, pâles et haletants, mais sans son mari, qui sans doute était mort ! — Eh bien ! mon cher vicomte, malgré ça, on dit que c'est une femme très honnête... Mais enfin, voudriez-vous qu'elle fût la vôtre ?

— Ça me changerait, dit Bernard en riant.

— Voilà donc les jeunes femmes d'à présent, poursuivit la duchesse, car vous savez bien que celle-là n'est nullement une exception, et vous venez vous lamenter quand vous avez une perle de petite femme qui est sage, spirituelle, instruite, sérieuse, et qui n'a d'autre inconvénient que d'être une sainte ! De ce côté, il y a un peu d'excès, c'est possible... Mais elle vous aime tant que vous lui feriez facilement entendre raison si vous vouliez vous en donner la peine... Non, cela vous ennuie ?... Eh bien ! soit, je m'en charge !

Monsieur de Vaudricourt baisa, à deux reprises, la main de la duchesse et se retira. — Dès le lendemain, madame de Castel-Moret, poursuivant avec zèle son rôle de maître Jacques, arrivait chez madame de Vaudricourt. Elle trouva la jeune femme profondément découragée, abattue, doutant d'elle-même, bref, dans les meilleures dispositions du monde pour écouter des conseils et même des remontrances. La duchesse lui représenta doucement que l'œuvre de la transformation morale de son mari était sans doute une œuvre fort méritoire, mais fort délicate, qu'elle avait eu le tort de vouloir brusquer. Elle n'y avait pas apporté assez de patience, de souplesse : elle n'avait pas su rendre et reprendre à propos, si bien que son mari s'était cabré et lui échappait. Un dilettante parisien et mondain aussi invétéré, aussi gâté, aussi sceptique jusque dans les moelles, aussi épris du boulevard, ne pouvait être ramené aux goûts sérieux du foyer, et encore moins aux principes de la religion, par un simple coup de baguette. Il ne fallait pas se dissimuler que c'était un vrai miracle à opérer : Aliette en était assurément plus capable que personne. Mais, pour y réussir, la première condition était évidemment de vivre le plus possible auprès de son mari et la main dans la main, afin de lui faire sentir toujours tout à la fois le charme et le frein... Il fallait en un mot, pour lui inspirer peu à peu d'autres goûts, commen-

MONSIEUR DE VAUDRICOURT BAISA, A DEUX REPRISES, LA MAIN DE LA DUCHESSE.

cer par se prêter aux siens avec quelque complaisance afin de ne point l'effaroucher.

Madame de Vaudricourt, accablée par ses longs mécomptes, énervée par ses luttes secrètes, presque affolée par la pensée de perdre tout à fait le cœur de son mari, se jeta avec une sorte de désespoir dans la voie nouvelle que lui avait tracée la vieille duchesse. Le premier pas qu'elle y fit lui coûta beaucoup. Elle se rappelait qu'après ses couches, quand il s'était agi de régler leur train de vie quotidien, son mari avait paru vivement contrarié qu'elle se refusât à l'accompagner le matin au Bois dans ses promenades à cheval. Mais elle avait cru devoir renoncer à un plaisir qu'elle aimait avec passion, parce qu'il ne pouvait se concilier aisément avec une habitude de son enfance à laquelle elle était encore plus attachée. Elle désirait entendre la messe tous les matins à Saint-Augustin, comme elle avait coutume de l'entendre autrefois dans la petite église de Varaville. Cette observance n'était pas seulement pour elle la satisfaction d'un devoir religieux : c'était un souvenir particulièrement doux à son imagination et à son cœur. C'était l'heure où, prosternée sur sa chaise, la tête dans ses mains, elle ressentait à travers ses prières toutes les impressions des années lointaines, des années sans trouble ; c'était le moment où elle revoyait les sentiers qui menaient par les champs du château à l'église ; où elle croyait respirer l'odeur des épines roses des haies, et entendre craquer au soleil le vieil if du cimetière. — Cependant elle avait eu tort et elle le reconnut. Dès le lendemain du jour où elle avait reçu la visite et les admonestations de la duchesse, elle dit simplement à son mari qu'elle était tourmentée du désir de remonter à cheval, et surtout d'y monter avec lui le matin.

Bernard étonné la regarda fixement ; puis lui prenant la main :

— Vous me faites plaisir, Aliette : car je suis fier de vous, et j'aime à vous montrer.

De telles paroles, si rares dans la bouche d'un mari, et surtout d'un mari

— VOUS ME FAITES PLAISIR, ALIETTE.

réservé et railleur comme l'était M. de Vaudricourt, ne pouvaient que remuer délicieusement le cœur de la jeune femme et la mettre en goût pour d'autres sacrifices.

Elle sortit donc dès ce moment de sa retraite, accepta des invitations, se montra plus fréquemment dans les théâtres l'hiver, sur les champs de courses l'été, et n'opposa plus enfin la même résistance au courant. Bernard, pour l'encourager, fit lui-même des efforts généreux : il modifia un peu ses habitudes, il négligea quelques distractions personnelles et délaissa souvent son cercle pour accompagner sa femme dans le monde. Leurs deux existences se rapprochèrent, et il y eut à cet instant dans leur union une sorte de renouveau, dans leurs relations une sorte de reconnaissance mutuelle et de gaieté tendre qui donnèrent sans doute à madame de Vaudricourt quelques-uns des jours les plus heureux de sa vie.

II

Cependant la vie mondaine à Paris est un terrible engrenage, où il est bien difficile de ne pas passer tout entier quand une fois on s'y est laissé prendre : madame de Vaudricourt ne tarda pas à subir la fatalité de cet entraînement où les invitations s'engendrent l'une l'autre, où les relations se multiplient à l'infini, où les obligations s'enchaînent comme les plaisirs, où les occasions pullulent. Elle ne tarda pas à sentir d'abord avec ennui, et bientôt avec effroi, que sa liberté, son temps, sa personnalité même lui échappaient, qu'elle appartenait au monde et qu'elle ne s'appartenait plus.

Mais ce ne fut pas là, au milieu de son existence nouvelle, sa seule appréhension ni sa seule tristesse. Elle était entrée pleinement alors dans cette société bruyante qui s'appelle elle-même complaisamment tout-Paris, et qui se croit une élite parce qu'on ne voit qu'elle, qu'on n'entend qu'elle, qu'on ne parle que d'elle, et qu'on en parle trop.

Ce qui devait choquer à première vue cette jeune femme qui était par le sang, par le cœur, et par l'éducation, une si pure Française, c'était le caractère cosmopolite qui semble envahir de plus en plus la société parisienne. On sait, en effet, quel rôle actif y joue l'élément étranger. Assurément il y a bon nombre d'étrangers, et pareillement d'étrangères qui sont aussi parfaitement aimables que respectables, même en France. Mais de même qu'on voit des Anglais se présenter sans façon dans nos théâtres avec des costumes qui les feraient mettre à la porte des leurs, de même on voit trop d'étrangers traiter Paris comme un lieu équivoque où l'on peut se permettre des libertés qu'on ne se permettrait pas chez soi, et s'amuser en déshabillé. Ce sans-gène, cette excentricité insouciante, cette mauvaise tenue, ce dédain de l'opinion sont des défauts qui ne sont pas français, mais qui tendent à le devenir par la continuelle importation.

Cette tendance, si caractérisée à notre époque, et qui altère de plus en plus nos qualités nationales (l'Angleterre par parenthèse sait mieux se garder), cette tendance n'était pas le seul côté du monde parisien qui blessât les instincts, les idées et les sentiments d'Aliette. A mesure qu'elle y entrait plus avant et qu'elle le connaissait de plus près, elle se sentait lasse, parfois jusqu'à l'écœurement, du bavardage superficiel qui est si facilement alimenté à Paris par les actualités de chaque jour, et qui semble abaisser tous les esprits sous le même niveau de banale médiocrité. Elle entendait dix fois par jour, dans dix salons différents, le même jargon, le même commérage fiévreux et vide, la même insupportable gouaillerie boulevardière, les mêmes jugements en l'air, les mêmes mots, les mêmes plaisanteries empruntées à la pièce nouvelle, et parfois à l'argot inepte des cafés-concerts. Jamais rien de neuf, de spontané, de personnel dans ce fatigant verbiage.

la mort dans le cimetière de l'église qu'ils avaient profanée. Elle se demandait ce qui pouvait rester, dans un affolement pareil, pour la vie de famille, pour l'intérieur, pour l'étude et pour la culture de l'esprit, les retraites de la pensée dans

CE SANS-GÊNE, CETTE EXCENTRICITÉ INSOUCIANTE SONT DES DÉFAUTS QUI NE SONT PAS FRANÇAIS.

les régions supérieures, enfin pour l'intervalle entre la vie et la mort. Elle s'effrayait de se sentir emportée elle-même dans ce mouvement, comme par un flot irrésistible, et de ne pouvoir reprendre pied.

Elle voyait avec une secrète stupeur cette foule mondaine uniquement occupée de mouvement et de plaisir et comme en proie à une sorte de danse de Saint-Guy qui l'entraînait du berceau à la tombe dans un tourbillon épileptique. Cela lui rappelait cette ronde maudite du Moyen âge, ces gens condamnés à danser jusqu'à

Des dégoûts plus profonds lui montaient aux lèvres quand elle assistait par hasard à certains entretiens que le relâchement du goût et du sens moral, favorisé par d'étranges lectures, a mis à la mode jusque dans les salons, quand elle entendait, par exemple, des femmes bien nées parler couramment entre elles ou même avec les hommes de curiosités physiologiques, de dépravations latentes, de désordres monstrueux,

Et de vices peut-être inconnus aux enfers!

Ses tristesses et ses révoltes s'exaltaient encore quand elle se disait qu'en France et au dehors on jugeait du ton et des mœurs de la société française sur l'échantillon de cette élite artificielle, mélangée et tapageuse, dont les fêtes, les aventures, les scandales, les toilettes faisaient chaque matin la joie des reporters et la jubilation railleuse du public. — A l'heure du siècle où nous sommes, et dans l'état des esprits en France, au moment où une sorte de jacquerie morale, en attendant mieux, déchaîne dans les foules populaires des appétits et des convoitises désormais sans frein, madame de Vaudricourt, sans s'occuper autrement de politique, était atterrée de voir chez la partie la plus apparente des classes supérieures une si belle insouciance et une préoccupation si exclusive de se divertir. Il lui semblait être sur un bâtiment en perdition où les officiers, au lieu de faire leur devoir, s'enivraient avec l'équipage.

Ce qu'il y a de pis, c'est que peu à peu elle sentait sa pauvre âme se troubler. Cette vie d'une frivolité, d'une vanité, et d'une sensualité à outrance n'est saine pour personne, et, même pour une créature aussi noble et aussi pure qu'Aliette, elle ne valait rien. Dans ce monde si différent d'elle-même, si étranger et si fermé aux pensées de l'ordre idéal, elle en arrivait par moment à se croire une personne excentrique, qu'une éducation exceptionnelle avait peut-être jetée hors du vrai. Sa foi sans doute n'était pas sérieusement atteinte. Mais il lui paraissait quelquefois extraordinaire d'être, dans cette grande foule, seule de son espèce. Il était évident, par exemple, que la religion, qui était pour elle si essentielle et si principale, n'était plus pour la très grande majorité des gens de son monde qu'une sorte de tradition de bon goût et un usage de bienséance, qu'en sortant de l'église le dimanche, on la laissait sur les marches jusqu'au dimanche suivant, et que dans l'intervalle personne n'y pensait. Au milieu d'une société de fous, la raison la plus solide se sent ébranlée, et c'était avec un sentiment d'épouvante qu'Aliette se demandait si le scepticisme et l'indifférence de son entourage ne la gagneraient pas quelque jour.

Cependant sa fille grandissait, et madame de Vaudricourt commençait à se tourmenter pour sa petite Jeanne en même temps que pour elle-même. Comment pourrait-elle l'élever suivant son cœur dans un milieu où l'air était comme chargé non seulement d'incrédulité, mais d'impudeur ? dans une ville où elle voyait étalés, jusque devant la porte des collèges et même des lycées de jeunes filles des livres à gravures qui se cachaient autrefois dans les librairies borgnes de Bruxelles et de Genève ?... Comment préserver la chère petite de tant d'odieux contacts, d'enseignements funestes, des propos équivoques du salon et de l'antichambre, de la perversité des uns, de l'insouciance morale de tous ? — Afin d'éviter au moins un de ces dangers, Aliette avait confié sa fille aux soins exclusifs d'une vieille bonne nommée Victoire Genest, qui l'avait élevée elle-même, et qu'elle avait amenée de Varaville. Cette vieille Victoire, qui était de la race à peu près éteinte aujourd'hui des domestiques honnêtes, dévoués et grondeurs, allait presque chaque après-midi promener Jeanne au parc Monceau ou aux Champs-Élysées. Elle revint un jour d'une de ces promenades plus exaspérée qu'à l'ordinaire contre les choses de ce monde, et ce n'était pas tout à fait sans raison. Elle conta à sa maîtresse qu'une des petites demoiselles qui jouaient avec Jeanne avait dit tout à coup devant celle-ci, en s'adressant à une amie un peu plus grande et en lui montrant une dame qui passait en voiture :

— Ça, c'est une cocotte !

— Comment le sais-tu ? avait dit l'amie.

— Je le sais, avait repris l'autre, parce que c'est la maîtresse de mon père !

Des incidents de ce genre qui, comme chacun le sait, se répètent fréquemment à Paris, sous des formes diverses, n'étaient point faits pour calmer les inquiétudes maternelles de madame de Vaudricourt.

Si encore, au milieu de tant d'amers soucis, elle avait eu la consolation de gagner quelque chose sur l'esprit de son mari, d'y reconnaître la moindre variation, la plus légère évolution dans le sens qu'elle désirait ? — Mais rien de pareil : ses sacrifices étaient perdus ; elle le sentait toujours aussi ferme, aussi résolu dans ses négations désolantes et dans sa tranquille philosophie sceptique. Ce n'était pas qu'il fermât les yeux sur le relâchement social dont Aliette était si vivement frappée, qu'il en approuvât les désordres, qu'il en méconnût les dangers. Mais, s'il voyait le mal, il n'y voyait pas le remède ; on était dans une période de décadence ou de transformation, et dans l'un et l'autre cas, il n'y avait pas à lutter contre la fatalité des choses. — Ce n'était pas naturellement l'avis d'Aliette, et, profitant de la familiarité plus grande qui s'était établie entre elle et son mari, elle ne craignait plus au même degré de soutenir quelques controverses avec lui sur ces matières délicates. Mais il s'y prêtait mal et se montrait même parfois dans ces occasions

— COMMENT LE SAIS-TU ? AVAIT DIT L'AMIE.

aigre et irritable, comme un homme qui redoute le prosélytisme dans sa maison et qui est très décidé à ne pas l'encourager.

Ce fut ainsi qu'un jour leur conversation étant tombée sur l'état moral des classes populaires, avec lesquelles les habitudes charitables d'Aliette la mettaient fréquemment en rapport, la jeune femme se permit de dire que malheureusement les leçons de matérialisme leur venaient souvent d'en haut.

— Vous avez parfaitement raison, dit Bernard, et je ne sais vraiment pas où nous allons tous de ce train-là, et quelles terribles choses se préparent : mais, comme on n'y peut rien, le mieux est de n'y pas penser.

— Comme Louis XV, alors ? reprit Aliette ; — mais, mon ami, êtes-vous bien sûr qu'on n'y puisse rien ? Ne croyez-vous pas que l'abolition de toute croyance religieuse, de toute espérance au delà de la vie, de tout recours en Dieu, est pour beaucoup dans cette avidité furieuse et exclusive de jouissances immédiates dont vous vous alarmez vous-même ?

— J'en suis persuadé, au contraire, dit Bernard. Mais ensuite ? Où voulez-vous en venir ? Est-ce ma faute si la terre tourne ? Est-ce ma faute si l'incrédulité règne du haut en bas et envahit tout ? Prétendez-vous m'insinuer que je devrais donner l'exemple au peuple ? Mais l'exemple de quoi, puisque je ne crois à rien ?... L'exemple de l'hypocrisie et du sacrilège ?

Aliette devint très pâle et ne répondit pas.

— Ma chère, poursuivit-il durement, vous vous débattez dans l'impossible... Vous êtes une chrétienne de fait dans une société qui ne l'est plus que de nom... Vous ne pouvez pourtant pas réformer votre siècle... Vous ne pouvez pas faire du Paris du XIXe siècle un Port-Royal-des-Champs, dont vous seriez la mère Angélique... Renoncez-y donc, de grâce!... et surtout, je vous en supplie, renoncez à me ramener, moi, personnellement, à vos croyances... Cette manie de me convertir vous obsède, et franchement elle m'agace un peu... car je la sens pointer sous vos moindres paroles comme sous vos moindres actions... Je croyais pourtant m'être expliqué assez catégoriquement sur ce sujet avant notre mariage, et votre oncle le sait mieux que personne. J'ai fait en conscience tout ce que pouvait faire un homme pour ne vous laisser à cet égard aucune espérance chimérique, pour vous épargner cette déception qui est au fond de toutes vos douleurs, et qui est même, si vous voulez être juste, votre unique douleur... Renoncez une bonne fois à ce rêve... n'y pensez plus... et vous verrez quel soulagement pour nos deux misérables existences !

Aliette sans parole le regardait avec l'œil humide et suppliant d'un pauvre animal aux abois. — Sa bonté native le reprit, et s'asseyant près d'elle :

— Voyons, ma chère, dit-il d'un ton plus doux, j'ai tort... en fait de conversion il ne faut jamais désespérer de rien ni de personne... ainsi rappelez-vous monsieur de Rancé ?... C'est de votre temps, monsieur de Rancé ?... Eh bien ! avant d'être le réformateur de la Trappe, il avait été comme moi un grand mondain et un grand sceptique... ce qu'on appelait alors un libertin... Cependant il est devenu un saint !... Il est vrai qu'il eut pour cela de terribles raisons... Vous savez à quelle occasion il s'est converti ?

Aliette fit signe qu'elle ne le savait pas.

— Eh bien ! il revenait à Paris après une absence de quelques jours... il court chez une dame qu'il aimait, — madame de Montbazon, je crois, — il monte un petit escalier dont il avait la clef, et la première chose qu'il aperçoit, — sur une table, — au milieu de la chambre, c'est la tête de sa maîtresse, dont les médecins étaient en train de faire l'autopsie.

— Si j'étais sûre, dit Aliette, que ma tête eût la même vertu, j'aimerais la mort.

Elle prononça cette phrase d'une voix basse, mais avec un tel accent d'ardente sincérité, que son mari en ressentit une sorte de malaise douloureux. — Il sourit pourtant, et lui frappant doucement sur la joue :

— Quelle folie ! dit-il. — Une charmante tête comme la vôtre n'a pas besoin d'être morte pour faire des miracles.

III

C'était en ces termes qu'ils vivaient alors, six ans environ après leur mariage, Aliette continuant machinalement de traîner, dans un monde qu'elle détestait et qui ne l'aimait pas, sa tristesse hautaine et sa santé fatiguée ; Bernard, toujours partagé entre une secrète colère et une secrète pitié, tous deux presque également malheureux.

Chaque année, au printemps, en attendant la date fatidique du *grand prix*, le monde parisien aime assez à se donner un avant-goût de la vie libre des champs en poussant quelques pointes au delà des fortifications. Ce fut ainsi qu'au mois de mai 1880, le groupe *selected*, dont monsieur et madame de Vaudricourt faisaient partie, eut un jour la fantaisie d'organiser une espèce de pique-nique à Saint-Germain-en-Laye. En conséquence, deux ou trois grands *mail-coaches*, attelés en poste, entraient, vers six heures du soir, dans la cour du pavillon Henri IV, et l'on en vit descendre une brillante société de trente à trente-cinq personnes. On dîna joyeusement, puis on alla faire un tour en forêt, pendant qu'on débarrassait la salle à manger pour la transformer en salon. On rentra à l'hôtel et on se mit à danser au piano avec cette gaieté familière que la campagne autorise. Sur ces entrefaites, quelques vieux routiers de la bande avaient découvert dans l'hôtel la présence de deux ou trois actrices de leur connaissance, célébrités des petits théâtres chantants du boulevard : l'une d'elles était même une simple chanteuse de café-concert, mais également en réputation. Sur le rapport de ces rabatteurs, la société, emportée par l'effervescence du moment, et aussi par l'avide curiosité des femmes du monde à l'égard des femmes de théâtre, décréta par acclamation, moins une ou deux voix, que ces dames seraient invitées à concourir à la fête. Des délégués furent mis en campagne et ne tardèrent pas à faire leur entrée triomphale en compagnie des trois actrices qui furent saluées d'une double salve d'applaudissements. On sut qu'elles avaient repoussé toute idée de rétribution, et cela parut d'abord un peu gênant, mais on en prit son parti : on les entoura, on les interrogea, on les complimenta ; charmées de la qualité et de la bonne grâce de leurs hôtes, elles se mirent d'elles-mêmes au piano et chacune chanta à son tour quelques couplets choisis avec assez de discrétion. Il parut difficile de les mettre à la porte pour les remercier. Les hommes, d'ailleurs, et même les femmes, étaient bien aises de faire avec elles plus ample connaissance. Bref, on les invita à figurer dans le cotillon qu'on avait interrompu à leur arrivée et qu'on reprit en leur honneur. Elles y apportèrent une animation nouvelle qui se traduisit par un certain dévergondage chorégraphique mêlé de chants. Après quoi vint le souper, auquel elles furent naturellement conviées. Excitées par le mouvement, par le champagne, et provoquées, en outre, par quelques-uns des convives, elles chantèrent cette fois sans vergogne la fleur même de leur répertoire public et secret... Le souper se prolongeait ainsi indéfiniment au milieu des refrains grivois, des clameurs joviales des hommes, des petits cris effarouchés des femmes et des épanchements de voisinage.

DEUX OU TROIS MAIL-COACHES ENTRAIENT DANS LA COUR DU PAVILLON HENRI IV.

Madame de Vaudricourt, profitant du bruit et du désordre, avait quitté sa place en murmurant quelques mots sur la chaleur excessive, et s'était approchée d'une fenêtre ouverte. — Le jour naissait : l'immense vallée de la Seine étendait sous les yeux d'Aliette ses profondeurs où flottaient des brumes blanchâtres. — Il lui sembla tout à coup qu'elle perdait pied, qu'elle plongeait dans ces grands espaces vides, et qu'elle s'y sentait disparaître. Elle poussa un faible cri, étendit les deux bras comme pour prendre son vol et tomba toute raide sur le parquet.

Le bruit de sa chute fit taire les chansons et les rires. M. de Vaudricourt accourut. On l'aida à relever la jeune femme inanimée et à la porter dans un des appartements de l'hôtel. Pendant qu'on allait à la hâte chercher un médecin, on employait vainement les sels, l'éther et les autres petits remèdes usuels pour faire revenir Aliette de son évanouissement. Le médecin, en arrivant, la trouva toujours raide et inerte, les joues creuses et blanches. On le laissa seul dans la chambre avec M. de Vaudricourt. Pendant qu'il touchait longuement le pouls de la malade en adressant à son mari quelques brèves questions, les paupières d'Aliette s'entr'ouvraient péniblement et la conscience parut lui revenir ; mais ce ne fut que pour une minute, car aussitôt son œil s'égara, son visage, si pâle, se colora subitement et son front devint d'un rouge pourpre.

— Voilà un changement, dit le médecin d'un ton sérieux.

Il ordonna une application continue de glace sur la tête et fit poser sur les jambes un violent révulsif. Il surveilla même l'effet de ces remèdes pendant deux ou trois heures. Aliette, quoiqu'elle ne fût plus en syncope, avait de nouveau perdu connaissance ; elle s'agitait fiévreusement, murmurait des paroles confuses et portait souvent, avec une sorte d'impatience, sa main sur son front. Vers le milieu du jour, la voyant un peu plus calme, le médecin se retira en promettant de revenir dans la soirée :

— Monsieur, dit-il à Bernard en par-

ELLES CHANTÈRENT CETTE FOIS SANS VERGOGNE.

tant, s'il y a ici quelque cause d'ordre moral, je l'ignore... mais enfin, si j'osais me permettre un conseil, tâchez que madame pleure.

LE MÉDECIN ORDONNA UNE APPLICATION CONTINUE DE GLACE SUR LA TÊTE.

Monsieur de Vaudricourt passa cette longue journée au chevet de sa femme, presque toujours debout, renouvelant lui-même les applications de glace ; il lui prodiguait vainement les appels les plus tendres ; il voyait qu'elle ne le comprenait pas. Ce fut seulement vers le soir que le regard d'Aliette s'arrêta sur le sien avec une lueur d'intelligence ; en même temps la poitrine de la jeune femme parut se déchirer et elle se mit à pleurer convulsivement.

Le médecin revenait un peu plus tard et la trouvait dans cette crise. Il ne fit qu'adresser deux mots à voix basse à Bernard et se retira. Suivant sa prédiction, la crise s'apaisa peu à peu et se termina par l'assoupissement de la malade. Bernard, soulagé de ses angoisses extrêmes et excédé de fatigue, s'endormit lui-même au pied du lit.

Il fut réveillé par la voix d'Aliette, qui l'appelait doucement :

— Bernard !

— Ma chère mignonne ! dit-il en se dressant brusquement et en se penchant sur le lit.

Elle le saisit avec ses deux bras et, l'attirant violemment sur son sein secoué par les sanglots :

— O Bernard ! dit-elle, ayez pitié de moi, je vous en prie !

— Quoi ! mon enfant ? que voulez-vous ?

— Je ne peux plus ! je ne peux plus ! je vous assure !... Je ne vous sauve pas... et je me perds !... Et puis ma fille ! ma pauvre petite fille !...

Suffoquée par les larmes, elle cessa de parler pendant quelques minutes ; puis elle reprit d'un air égaré :

— Je veux partir... je veux l'emmener !

— Vous voulez me quitter, Aliette ? dit Bernard.

Elle lui jeta de nouveau ses bras autour du cou :

— Jamais !... Je ne pourrais pas !... Laissez-moi seulement envoyer ma fille chez ma mère, qui me la gardera... Elle, du moins, ne sera pas perdue !

— Aliette, je ne veux pas vous séparer de votre enfant... Bien que, suivant moi, vous vous exagériez les dangers du séjour de Paris, tant pour vous que pour votre fille, si vous désirez quitter Paris avec elle, j'y consens.

Aliette murmura, en secouant douloureusement la tête, quelques paroles qui se perdirent dans ses sanglots.

— Je vous suivrai ! ajouta Bernard avec une gravité émue.

— Vous ! s'écria-t-elle en l'interrogeant avidement du regard. Ah ! comment vous demander un pareil sacrifice ?

— J'y suis prêt. Je vous le dois... Il s'est passé, cette nuit, en votre présence, des choses qui vous ont justement offensée, des choses auxquelles je n'aurais pas dû vous exposer... Je ne pouvais prévoir pareilles folies... Je vous en demande pardon... J'aurais dû vous emmener de là ; mais c'eût été donner une leçon aux autres, et c'était bien délicat... Enfin j'ai eu tort et je vous dois une réparation ; de plus, quand je vous ai épousée, je me suis promis, j'ai promis à vos parents et à vous-même, de faire tout, — excepté l'impossible, — pour que vous fussiez heureuse. Je tiendrai ma promesse... Peut-être Paris eût-il été plus habitable pour vous si j'y avais mieux choisi vos relations... Quoi qu'il en soit, il est trop tard ; à tort ou à raison, Paris vous est devenu odieux, nous le quitterons. J'y ai beaucoup pensé pendant cette triste journée ; ma résolution est prise... J'ai bien peur, ma pauvre enfant, que les difficultés que crée entre nous la différence des croyances ne nous suivent partout ; mais j'avoue que le milieu spécial de Paris pouvait y ajouter... Je vous demanderai seulement de ne pas fixer notre résidence à Varaville... A part tout autre inconvénient, ce serait vraiment bien loin, même pour vous, qui voudrez peut-être de temps en temps prendre l'air de ce malheureux Paris, quand vous n'y serez plus condamnée... Au reste, nous causerons de cela demain à loisir ; mais, soyez tranquille..., vous avez ma parole... Dormez en paix.

Elle le regardait profondément dans les yeux, avec une expression de stupeur et de ravissement ; puis elle saisit une de ses mains, qu'elle porta à ses lèvres :

— Je vous aime bien ! dit-elle.

— Dormez ! répéta doucement Bernard en l'embrassant.

Et elle s'endormit d'un sommeil d'enfant.

IV

Le sacrifice, si pénible et si méritoire, auquel M. de Vaudricourt s'était brusquement déterminé en s'engageant à transporter sa résidence hors de Paris avait à peine été un acte de sa volonté réfléchie. Il lui avait pour ainsi dire jailli du cœur non seulement devant les souffrances de sa femme, mais aussi sous l'impression poignante des torts qu'il s'était donnés envers elle. Ces torts avaient revêtu tout à coup à ses propres yeux un caractère presque honteux qui avait remué violemment tous ses sentiments de délicatesse et de générosité. Quand Aliette, dans son demi-délire, avait laissé échapper ces paroles désespérées : — « Je ne vous sauve pas... et je me perds ! » — il avait compris qu'elle le ménageait et qu'elle aurait pu dire : « Vous me perdez ! »

Il se rappelait avec confusion ce bal et ce souper du pavillon Henri IV, ces scènes de véritable orgie que l'entraînement des circonstances avait amenées et auxquelles il avait en quelque sorte forcé sa femme d'assister. Pour un homme comme Bernard de Vaudricourt, moraliste très tolérant, mais ferme jusqu'au scrupule sur certains principes d'honneur, s'il y avait quelque chose au monde d'absolument et de particulièrement infamant, c'était le fait d'un mari qui déprave et débauche sa femme, et ce qui exaspérait sa fierté, c'était la pensée d'être soupçonné d'une si basse infamie par une créature aussi noble qu'Aliette. Ce fut donc à la fois par un élan de pitié généreuse et par un mouvement d'honneur révolté qu'il se décida, presque sans réflexion, à sécher les larmes et à racheter l'estime de sa jeune femme en lui sacrifiant tous ses goûts personnels et les habitudes de toute sa vie.

Qu'une si grave et si subite résolution dût être plus ou moins sujette au repentir, rien de plus vraisemblable. Mais elle n'en faisait pas moins très grand honneur à celui qui était capable de la prendre et de la tenir sous l'inspiration de sentiments si élevés. Elle prouvait une fois de plus combien, à beaucoup d'égards, Aliette et son mari étaient dignes l'un de l'autre, quoique malheureux l'un par l'autre. Nous ferons observer à cette occasion que si l'histoire de monsieur et de madame de Vaudricourt n'eût été que l'histoire banale d'un mariage mal assorti, entre une femme intelligente et pieuse et quelque vulgaire malhonnête homme, elle n'eût pas attiré notre attention et ne nous eût point paru mériter celle du public... Mais l'union de deux êtres d'élite, parfaitement associés d'ailleurs, que toutes leurs qualités rapprochent et que sépare seulement la question de foi, nous a semblé offrir dans le développement de ses conséquences une étude de quelque intérêt, sinon de quelque utilité.

Bernard, environ deux ans après son mariage, était devenu, par la mort de son oncle, comte de Vaudricourt, et il avait en même temps recueilli de ce chef un héritage considérable. Il était donc, à l'époque où nous sommes parvenus, maître d'une grande fortune, qui lui eût permis, tout en fixant sa demeure principale hors de Paris, de conserver son hôtel du parc Monceau. Mais cette sorte de demi-mesure, en paraissant réserver l'avenir, pouvait inquiéter sa femme : elle n'eût pas été non plus sans difficultés incommodes dans la pratique. Il voulut donc faire le sacrifice complet et trancher dans le vif. L'hôtel fut mis en vente et il ne devait pas tarder dans ce quartier en vogue à trouver un acquéreur. Bernard s'était, du reste, parfaitement entendu avec Aliette pour préférer à la résidence dans quelque ville de province une franche installation à la campagne. Avec le même parfait accord (on peut croire qu'Aliette ne marchandait pas sur les conditions) il fut convenu que Bernard, quand il viendrait seul passer un jour ou deux à Paris, descendrait à son cercle : quand il y viendrait avec sa femme, ils descendraient à l'hôtel, afin de pouvoir goûter les agréments de Paris sans en reprendre le train et les sujétions.

Il ne pouvait être question d'aller s'établir à La Savinière, que Bernard avait louée à des étrangers après la mort de son oncle, et qui, de plus, se fût trouvée, à cause de l'éloignement, dans le même cas d'exclusion que Varaville. Après d'assez longues recherches dans un rayon de vingt à trente lieues autour de Paris, le notaire de M. de Vaudricourt lui découvrit, au delà de Fontainebleau, dans la région de Nemours et de Gien, une belle propriété qui portait le nom d'un bourg voisin, Valmoutiers, et qui parut réunir assez d'avantages pour fixer définitivement le choix de Bernard et d'Aliette. La distance de Paris était suffisante pour n'en être pas envahi et pas assez grande pour y devenir tout à fait étranger. Il y avait de belles chasses dans le pays environnant, et le château avait, dans ses dépendances immédiates, des bois étendus. Ce château lui-même était une assez noble construction dans le goût de Louis XIII avec une cour d'honneur d'une grande apparence, et de superbes communs. Le dernier propriétaire, très amateur de chevaux comme M. de Vaudricourt, avait tenu les écuries sur un pied exceptionnel de confortable et même de luxe. En même temps, il avait ménagé dans ses alentours quelques prairies propres à l'élevage. Bernard fut sensible à ces particularités, qui lui promettaient quelques distractions à son gré sur cette terre d'exil.

Pendant qu'on faisait à Valmoutiers les réparations et les appropriations nécessaires, madame de Vaudricourt allait passer quelques semaines dans sa famille à Varaville, comme elle avait coutume de le faire chaque été, et son mari, suivant son usage, y apparaissait lui-même pendant quelques jours. Il y était toujours le très bienvenu. Dès longtemps ses grâces charmantes, malgré le profond dissentiment de la religion, avaient vaincu toutes les préventions et conquis tous les cœurs — même celui de mademoiselle de Varaville, cette vieille tante d'Aliette que Bernard jadis avait si cruellement traitée dans son journal. Nos lecteurs connaissent trop bien, à l'heure qu'il est, le caractère d'Aliette pour s'étonner qu'une personne d'une telle hauteur de sentiments eût gardé pour elle et caché soigneusement à sa famille le secret des épreuves douloureuses qu'elle avait traversées depuis son mariage. Elle n'avait dit, du reste, que la vérité en répétant que son mari était pour elle parfaitement bon, attentionné, respectueux, libéral : il se pouvait qu'il n'eût pas été aussi parfaitement fidèle, mais elle l'ignorait. Quant à la différence de leurs croyances religieuses, cause véritable de tous leurs chagrins intérieurs, elle avait trop de raison et trop de fierté pour s'en plaindre après l'avoir acceptée presque contre le gré de sa famille. Monseigneur de Courteheuse avait seul reçu quelques-unes de ses confidences à cet égard : elle ne lui avait pas dissimulé le malaise profond qu'elle ressentait à Paris dans un milieu moral si troublant et si inférieur à celui où elle avait été élevée ; en ce qui regardait la conversion de son mari, elle lui avait laissé entrevoir ses déceptions et ses découragements. Mais l'excellent prélat, qui se rencontrait chaque année à Varaville avec Bernard, n'en conservait pas moins pour l'enfant prodigue un fond de prédilection et se contentait de le traiter de « parpaillot ». Il ne désespérait point de l'avenir et il en désespéra moins encore quand il connut le sacrifice que M. de Vaudricourt faisait à sa femme en renonçant au séjour de Paris ; il y vit, comme toute la famille d'Aliette, non seulement un trait de dévouement conjugal, mais en

CE CHATEAU ÉTAIT UNE ASSEZ NOBLE CONSTRUCTION DANS LE GOUT DE LOUIS XIII.

même temps, dans un ordre d'idées supérieur, un symptôme précieux et un signe précurseur. Quels effets ne pouvait-on pas attendre désormais de l'influence d'Aliette, qui semblait prendre sur l'esprit de son mari un empire si prédominant?

Ce fut vers la fin de septembre de cette même année que monsieur et madame de Vaudricourt firent leur installation définitive dans leur château de Valmoutiers. On était dans la saison de la chasse, et c'était une circonstance heureuse parce qu'elle devait adoucir à M. de Vaudricourt les premiers temps de la transition entre sa vie ancienne et son existence nouvelle. Quant à Aliette, ces premiers temps furent naturellement pour elle des jours d'une pure félicité. Elle respirait. Il lui semblait qu'elle était entrée dans le port, après une longue traversée pleine de dangers, de dégoûts et de désespérances. Elle se sentait, avec un soulagement délicieux, redevenue maîtresse d'elle-même et de sa fille, et en même temps en possession de son mari. Elle ne l'avait jamais tant aimé, et elle s'appliqua plus que jamais à lui plaire. Elle montait à cheval avec lui à peu près chaque jour, et ils poussaient ensemble de gaies reconnaissances à travers ce pays nouveau. Elle apprit à manier un fusil, afin de pouvoir le suivre à la chasse. Mais elle y resta toujours maladroite, étant trop nerveuse et aussi trop sensible devant le gibier. Elle lui invita, par séries, quelques compagnons de chasse choisis parmi leurs

ELLE APPRIT A MANIER UN FUSIL.

amis de Paris et parmi quelques connaissances du voisinage. Elle s'efforça de l'acclimater ainsi tout doucement à l'air de la campagne et de ne pas trop lui laisser sentir d'abord le poids de la solitude, se réservant, avec de secrètes palpitations de plaisir, le tête-à-tête des longues soirées d'hiver quand la neige tomberait sur les bois.

M. de Vaudricourt, à qui les longues soirées d'hiver présentaient peut-être une perspective moins souriante, jouissait, en attendant, de sa vie présente, qui ne différait guère, après tout, de celle qu'il avait menée jusque-là à cette même époque de l'année. Seulement, jusqu'alors, il avait chassé chez les autres : c'était la première fois qu'il chassait chez lui ; et, pour la première fois aussi, les plaisirs du chasseur lui étaient tempérés par les ennuis du propriétaire. Il vivait dans la crainte et l'horreur des braconniers qui assiégeaient ses bois. Il stimulait, matin et soir, le zèle de ses deux gardes, et il apportait dans ses fureurs contre cette race impie un sérieux et une sincérité qui contrastaient avec ses habitudes d'insouciance railleuse et qui amusaient franchement Aliette.

Un matin, comme il se promenait avec son fusil et son chien sur la lisière de ses bois, un coup de feu partit dans la plaine à très peu de distance, et un lièvre, débuchant à travers les feuilles mortes, vint presque aussitôt rouler à ses pieds. En même temps, un personnage d'une physionomie tout à fait particulière franchissait d'un saut la banquette gazonnée qui séparait les bois de la plaine et se trouvait brusquement à deux pas du lièvre et de M. de Vaudricourt.

— Pardon, monsieur, dit l'étranger avec beaucoup de calme, ce lièvre est venu mourir dans vos taillis ; mais je l'ai tiré en plaine, et je crois qu'il m'appartient.

Le comte de Vaudricourt ne répondit pas sur-le-champ à cette sommation, étant partagé entre l'indignation et la surprise : le personnage qu'il avait sous les yeux était une femme d'une vingtaine d'années et d'une grande beauté ; elle portait un costume de chasse fort simple, une sorte de blouse courte en étoffe de laine brune, avec de larges braies pareilles, des jambières en cuir fauve et un léger chapeau tyrolien.

— Mon Dieu ! madame, dit enfin Bernard, en principe, la question pourrait être douteuse ; mais, dès qu'elle est posée par vous, elle est tranchée... Voici votre lièvre.

Elle prit le lièvre des mains du comte, le remercia d'un signe de tête assez sec et se disposa à sortir du bois.

Au même instant, le chien de Bernard, que l'incident du lièvre avait un peu affolé, faisait lever maladroitement dans le taillis une compagnie d'une vingtaine de perdreaux. M. de Vaudricourt arma son fusil à la hâte et déchargea ses deux coups. Mais il était distrait, et, quoique les perdreaux fussent à bonne portée, aucun ne fut touché.

La jeune femme, qui s'était arrêtée sur le talus pour juger du coup, dit simplement, de sa voix grave et musicale :

— Raté !

Puis elle enjamba légèrement le fossé et s'éloigna.

Le comte de Vaudricourt la suivit d'un œil farouche jusqu'à ce qu'elle eût disparu dans le chemin, murmura entre ses dents : — « Qu'est-ce que c'est que cette farceuse-là ? » — et se mit à recharger son fusil, après quoi il continua sa tournée, le front pensif. Au bout de quelques minutes, il rencontrait teux, qu'est-ce que c'est qu'une dame, habillée en garçon, qui chasse là dans les environs, qui vient de me tuer tran-

— MON DIEU ! MADAME, LA QUESTION POURRAIT ÊTRE DOUTEUSE...

un de ses gardes et engageait avec lui ce dialogue :

— Couvrez-vous donc, Lebuteux ; couvrez-vous... Dites-moi donc, Lebuquillement un de mes lièvres entre les jambes et qui a eu l'aplomb de venir me le réclamer par-dessus le marché?

— Ah ! monsieur le comte, dit Lebuteux avec ce triste sourire qu'ont les vieux soldats, ça doit être la demoiselle de La Saulaye... mamselle Sabine, quoi !

— Ah ! c'est une demoiselle? reprit le comte. — Excusez ! — Alors, c'est la personne qui habite La Saulaye avec ce vieux savant, ce vieux médecin?

LEBUTEUX.

— Il n'est pas si vieux ! dit le garde. Mais il est toujours dans ses livres, lui... il n'est pas chasseur... Quant à la demoiselle, ah ! dame, quand elle s'y met, elle ne connaît plus ni tien ni mien... C'est comme toutes les femmes, ça ne raisonne pas... Elle est toujours à rôder sur vos limites... et elle ne se gêne pas pour suivre son gibier, poil ou plume, mort ou vif, sur votre propriété !

— Et vous me dites ça tranquillement, Lebuteux !... Mais c'est intolérable !... Il faut lui dresser procès-verbal, quand vous la pincez !

— Dame ! si monsieur le comte le commande, on le fera, naturellement !... Seulement, ces gens de La Saulaye, monsieur le comte sait bien que ce sont des gens qu'on n'aimerait pas à molester.

— Pourquoi ça? Est-ce que ce sont des sorciers?

— Non, monsieur le comte, et, si ce n'était cette malice de braconnage qui tient mamselle Sabine, on pourrait dire que c'est des bonnes gens qui font du bien dans le pays.

— Oui, oui, c'est possible ! Mais, avec tout cela, qu'elle n'y revienne pas, *mamselle* Sabine !... Bonjour, Buteux, bonjour !... et pas de faiblesse, Buteux !

Et M. de Vaudricourt poursuivit sa route en hochant la tête d'un air menaçant. Mais, au bout de quelques pas, sa colère avait fait place à des pensées plus douces, comme le prouvait cette observation qu'il s'adressait à lui-même :

« Elle est superbe, du reste, cette fille... Rudement insolente, mais rudement bien bâtie ! »

Pendant le déjeuner, il raconta gaiement à sa femme et à ses hôtes son aventure peu glorieuse avec la demoiselle de La Saulaye.

— La Saulaye ! dit Aliette. N'est-ce pas cette habitation triste qu'on voit à gauche, sur le chemin des Cormiers, avec de grands saules qui retombent sur une pièce d'eau toute noire?

— Parfaitement, dit Bernard. Nous l'avons remarquée ensemble... C'est une espèce de maison anglaise qui a l'air un peu sinistre en effet, à cause de ces grands saules... et qui est-ce qui demeure là, décidément?

Il y avait parmi les convives deux ou trois habitants du pays qui répondirent à cette question en termes assez équivoques. Il semblait que les hôtes de La Saulaye fussent généralement assez mal vus par l'aristocratie des environs. Le propriétaire de La Saulaye était un médecin nommé Tallevaut, qui, pepuis longtemps, avait recueilli chez lui une parente pauvre, une vieille tante infirme, avec sa fille, dont il était le tuteur. Il avait d'abord pratiqué la médecine à Paris ; puis, ayant hérité d'une assez belle fortune, il avait renoncé à sa clientèle, déjà nombreuse, et s'était retiré à la campagne pour y suivre ses goûts et se consacrer à la science pure. Absorbé dans ses études, et avare de son temps, il ne donnait ses consultations et ses soins qu'aux plus pauvres de la contrée et les refusait inflexiblement à tous ceux qui étaient capables de payer un médecin. Il avait mécontenté ainsi bon nombre de gens que sa réputation de science et d'habileté pratique attirait quelquefois de très loin, et qui subissaient ses refus impitoyables. En retour, on ne lui ménageait pas les médisances. On ne pouvait contester son mérite, l'Institut ayant tout récemment récompensé ses travaux scientifiques par un titre de membre correspondant. Mais ses doctrines avouées de philosophe libre penseur, sa vie privée un peu mystérieuse, la beauté de sa pupille, l'éducation excentrique qu'il lui donnait, tout cela faisait l'objet de commentaires peu bienveillants, principalement dans les châteaux du voisinage.

Quoique, dans les jours qui suivirent, le comte de Vaudricourt multipliât ses patrouilles sur la frontière de ses propriétés, il n'eut pas l'avantage de voir de nouveau briller dans la feuillée l'œil noir énergique et froid de mademoiselle Tallevaut. Peut-être l'audacieuse chasseresse avait-elle reçu du garde Lebuteux quelque secret avis des dispositions rigoureuses manifestées par le comte et reculait-elle devant la menace prosaïque d'un procès-verbal ; peut-être, comme il arrivait souvent, avait-elle été mise en réquisition par son savant tuteur, qui l'avait élevée à lui servir tour à tour de secrétaire dans son cabinet et de préparateur dans son laboratoire. Car les expériences de chimie et de physique tenaient naturellement une grande place dans ses travaux comme dans ses distractions. Quoi qu'il en soit, pendant le reste de la saison, mademoiselle Tallevaut devint invisible pour son voisin. Une seule fois, en passant le soir à cheval avec sa femme devant La Saulaye, Bernard crut apercevoir sa belle ennemie traversant comme une ombre le jardin du cottage. Aliette, au reste, ne laissait pas de partager à l'égard des habitants de La Saulaye la curiosité de son mari. L'espèce de mystère qui planait sur cette maison solitaire et silencieuse parlait à son imagination romanesque. Elle l'appelait la maison de l'alchimiste. C'était un grand pavillon en briques précédé et entouré de bouquets d'arbres, de pelouses et de parterres assez mal tenus et évidemment abandonnés au goût d'un jardinier de campagne. Depuis que les grands saules de l'étang avaient perdu leurs feuilles, l'habitation paraissait moins sombre, mais elle n'en conservait pas moins sa physionomie dure, et la pièce d'eau, sur laquelle pourrissaient les feuilles tombées, présentait toujours la même surface morne.

Cependant, après s'être fait un peu attendre, l'hiver était venu âpre et rude. Les visiteurs les plus complaisants avaient regagné Paris et laissé monsieur et madame de Vaudricourt au coin de leur feu. Les chemins encombrés par la neige ou défoncés par les pluies avaient interrompu les rares relations de voisinage. Les intempéries de la saison rendaient la chasse le plus souvent rebutante ou même impossible. Les distractions étaient donc très restreintes et il fallait beaucoup compter sur soi. Bernard, qui s'était à l'avance fortifié le cœur contre cette épreuve très prévue, faisait de son mieux pour la supporter avec héroïsme. Il allait le matin au-devant du facteur, dans son avenue, ce qui était toujours un moment de gagné : il lisait longuement ses journaux. Il s'occupait avec une louable activité de ses chevaux, de ses écuries, de sa magnifique sellerie. Il déchiffrait des partitions au piano avec sa femme : il s'était remis à l'aquarelle qu'il avait cultivée autrefois et il en donnait des leçons à Aliette. Le soir, ils lisaient ensemble quelques vieux auteurs favoris, des Mémoires, quelques poètes modernes, les grands critiques de ce temps, des romans anglais. C'était une douce vie pour Aliette, à qui sa correspondance, les soins de son intérieur, l'éducation de sa fille, et, enfin, ses pratiques pieuses ne laissaient pas une minute d'ennui. Elle avait en outre le goût de la campagne et les scènes de la nature avaient pour elle, même pendant l'hiver, une sorte d'intérêt poétique. — Son bonheur pourtant était troublé par une préoccupation constante : — Son mari était-il heureux comme elle était heureuse? — Malgré la bonne attitude qu'il s'efforçait de garder, elle surprenait trop souvent sur ses traits et même dans son langage des signes de rêverie sombre, d'impatience, d'amertume.

La vérité est qu'il s'ennuyait mortellement. Il se contenait autant qu'il le pouvait devant sa femme : mais, quand il était rentré chez lui, le soir, il y fumait vainement cigares sur cigares pour essayer de tuer la mélancolie noire qui le rongeait. Il s'arrêtait devant ses fenêtres, regardant l'obscurité profonde des champs et des bois, écoutant la bise d'hiver qui passait dans la cime des arbres avec un bruit de houle lointaine, — et sa pensée se reportait tout à coup sur son cher boulevard, qui resplendissait à cette même heure comme une voie lactée : il voyait les péristyles flamboyants des théâtres, la foule animée qui se pressait devant les gais magasins, la vie partout fourmillante ; il croyait respirer les odeurs spéciales du boulevard le soir, le mélange de gaz, de tabac, de cuisine souterraine, et les bouffées parfumées sortant par intervalles des boutiques de fleurs ; il respirait l'atmosphère particulière des salons du cercle, des intérieurs de coulisses, des loges d'actrices, les effluves des escaliers et des vestibules des théâtres à la sortie des spectacles, les fortes senteurs des fourrures précieuses, des pelisses brodées d'or et des épaules nues. Toutes ces sensualités plus ou moins pures où se délecte le dilettantisme parisien prenaient dans l'imagination de Bernard, au milieu de la solitude et du silence de la campagne, une terrible puissance d'attrait et de regret.

IL S'ARRÊTAIT DEVANT SES FENÊTRES, REGARDANT L'OBSCURITÉ PROFONDE.

Il tombait à cet égard dans une erreur singulière et fort commune : il se figurait que Paris manquait à son intelligence quand il ne manquait, en réalité, qu'à ses sens. Il était homme d'esprit : il avait même été homme d'étude jusqu'au jour où le scepticisme absolu ne lui avait plus laissé que le goût du plaisir. Malgré tout, comme la plupart des Parisiens exilés en province, il se flattait

— IL FAUT VOUS EN ALLER...

lorsqu'il croyait regretter la grande vie intellectuelle de Paris : il n'en regrettait que la distraction facile, les voluptés ambiantes, l'étourdissement mondain, et, par-dessus tout, la haute odeur féminine.

Aliette, qui devinait assez exactement ce qui se passait dans l'âme de son mari, prit un certain soir son grand courage :

— Mon ami, lui dit-elle, en lui passant gracieusement ses deux mains sur les épaules, savez-vous ce qu'il faut faire?... Il faut vous en aller passer huit ou dix jours à Paris !

— Mais, dit Bernard, avec un peu de confusion, je me trouve très bien ici !

— C'est à cause de cela, reprit en riant l'aimable femme. — Je ne veux pas vous laisser vous blaser sur votre bonheur... De plus, j'ai une masse de commissions à vous donner... Je voudrais premièrement un grand écran pour la cheminée du salon rouge, — une suspension pour la salle à manger, — un paravent Louis XIV... Louis XIV, vous entendez? c'est-à-dire en grande vieille tapisserie, pour la bibliothèque... et plusieurs autres choses encore dont je vous remettrai la liste demain matin.

— Vous feriez mieux, ma chère, dit Bernard, de venir choisir tout cela vous-même...

— Non, non ! votre goût vaut mieux que le mien... Moi, j'irai passer six semaines à Paris après Pâques... mais jusque-là, vous irez tous les mois me faire mes commissions... Voilà le programme qui est arrêté dans ma tête... dans cette tête-là ! ajouta-t-elle en se frappant le front de ses doigts charmants.

M. de Vaudricourt baisa le front et les doigts de sa jolie femme, et, tout en affectant la mine d'un homme qu'on dérange, mais qui se soumet, il ne fit pas d'autre objection.

Le lendemain, par une belle gelée de janvier, il se mettait en route avec une secrète allégresse, et, trois ou quatre heures plus tard, son pied foulait l'asphalte sacré qui s'étend de la rue Vivienne au boulevard de la Madeleine.

Deux jours après, il était en train de

déjeuner à son cercle, près de sa fenêtre favorite, et, tout en parcourant les journaux du matin :

« Ma foi ! se disait-il gaiement à part lui, cette sorte d'existence après tout peut devenir supportable..., huit ou dix jours de Paris chaque mois, ça suffit pour empêcher un homme de retourner tout à fait à l'état lacustre... et de porter des sabots... »

— Qu'est-ce qu'il y a, Charles? Une dépêche?

— Oui, répondit le domestique, qui s'approchait un plateau à la main. — C'est un télégramme pour monsieur le comte.

Le comte prit le télégramme et l'ouvrit. Il y lut cette ligne :

« Jeanne très sérieusement souffrante.

» ALIETTE. »

— Allons ! bien ! murmura-t-il. — Naturellement !...

Et, après un geste de colère :

— Charles !... Donnez-moi un *Indicateur* !

Le domestique apporta l'*Indicateur*, que Bernard consulta fiévreusement.

— Veuillez dire à Pierre, je vous prie, que nous repartons par le train de trois heures... Qu'il prépare tout.

— Bien, monsieur le comte.

A trois heures, M. de Vaudricourt rejoignait son valet de chambre à la gare de Lyon.

— Monsieur le comte n'a pas reçu de mauvaises nouvelles? demanda Pierre respectueusement.

— Ma fille est malade !

« Ainsi, se disait-il, en s'installant dans son wagon, c'est entendu ! Toutes les fois que je serai deux jours absent, Jeanne sera souffrante..., ou quelque autre... J'aurai toujours le fil du télégraphe autour de ma manche... C'est délicieux !... »

Il rumina sur ce texte pendant la plus grande partie de son voyage avec la même irritation et la même justice... Ce ne fut qu'en approchant de Valmoutiers que sa colère se calma et fit place peu à peu à l'inquiétude. Il se rappelait,

UN TÉLÉGRAMME POUR MONSIEUR LE COMTE.

un peu tard, qu'Aliette n'était pas femme à changer capricieusement de volonté d'un jour à l'autre, qu'elle était encore moins femme à mettre la ruse et le mensonge au service de ses caprices. Il se souvint aussi qu'il aimait tendrement sa fille.

Un coupé l'attendait à la gare de Valmoutiers, le château en étant éloigné de quelques kilomètres. Il remarqua de suite que les traits de son vieux cocher n'avaient pas leur impassibilité ordinaire :

— Eh bien ! lui dit-il vivement, comment va ma fille?

— Mademoiselle Jeanne n'est pas bien, monsieur.

— Allez vite.

DÈS LE PREMIER MOMENT LE DOCTEUR PARUT INQUIET.

V

Dans la soirée même du jour où son père était parti pour Paris, la petite Jeanne, qui était alors une très jolie et très intelligente fillette de six à sept ans, avait été prise d'un mal de gorge accompagné d'abattement et de quelques frissons. On crut d'abord à un simple rhume et à une légère inflammation des amygdales. Mais une fièvre violente se déclara pendant la nuit, et l'enfant, qui ne dormait pas, se plaignit de grandes douleurs de tête. Le vieux médecin de Valmoutiers, le docteur Raymond, fut appelé au point du jour, et, dès le premier moment, il parut inquiet. Il ne la quitta plus. Les symptômes s'accusèrent pendant la journée, et prirent, la nuit suivante, une extrême gravité : l'apparition des fausses membranes dans le larynx, la respiration embarrassée et sifflante, les accès répétés de suffocation, enfin la toux rauque et comme bestiale, ne purent laisser de doute sur le caractère véritable du mal. C'était le croup au nom sinistre, juste effroi des mères.

Ainsi qu'il arrive souvent, le mal, après avoir paru hésitant au début, procéda bientôt avec une rapidité foudroyante. Le docteur Raymond, qui n'était pas sans mérite dans sa profession et qui avait de plus la sagesse et l'expérience d'un vieillard, employa activement, pendant les deux premiers jours, tous les moyens consacrés par la science pour combattre l'empoisonnement diphtérique. Tous les remèdes avaient échoué, et la maladie poursuivait sa marche effrayante. — C'était alors qu'Aliette avait envoyé un télégramme à son mari.

Quand M. de Vaudricourt arriva devant le lit de sa fille, l'enfant, le visage pâle, les lèvres violettes, la gorge tuméfiée, se débattait convulsivement, en proie à un de ces accès de suffocation prolongée qui offrent déjà le simulacre de l'agonie. C'était une scène d'une cruauté poignante sur laquelle nous n'insisterons pas.

Cependant cette crise s'apaisa. La petite Jeanne, quoique plongée dans une sorte d'hébétude, reconnut son père et lui adressa un regard d'une angoisse suppliante qui lui déchira le cœur. — Il l'embrassa en souriant, puis emmena le vieux médecin dans un petit salon voisin qui faisait partie de l'appartement de Jeanne.

Aliette les suivit.

— Monsieur, dit le comte, veuillez me dire toute la vérité.

— Je vous la dois, monsieur. — L'enfant est en grand danger. Ces terribles suffocations vont se renouveler de plus en plus fréquentes jusqu'à la complète asphyxie. J'ai épuisé, quant à moi, toutes les ressources de ma science : il n'y a plus à l'heure qu'il est que le traitement chirurgical qui pût sauver l'enfant ; mais je dois vous l'avouer humblement, l'opération dont il s'agit demanderait une main plus jeune et plus habile que la mienne.

— Ai-je le temps de télégraphier à Paris? demanda Bernard.

— Évidemment non.

— Ne pouvez-vous m'indiquer dans une des villes les plus proches, à Gien, à Nemours, quelqu'un de vos confrères qui soit capable d'entreprendre cette opération?

— Monsieur... je n'oserais me charger d'une pareille responsabilité... Je ne connais au reste dans nos environs et à notre portée qu'un seul homme qui pût, s'il le voulait, tenter avec quelque chance de succès une opération si délicate et si dangereuse... C'est le docteur Tallevaut.

— Le docteur Tallevaut !

— Monsieur Tallevaut ! s'écria Aliette douloureusement. — Mais il ne voudra pas ! Il nous refusera, comme il refuse à tout le monde... vous savez bien !

— C'est bien à craindre !

— J'y vais, dit le comte. Courage, Aliette !

Il sortit aussitôt, courut aux écuries, et sella lui-même un de ses chevaux : en même temps, il donnait l'ordre à son cocher d'atteler à la hâte un coupé, et d'aller l'attendre devant la grille du jardin de La Saulaye.

Quelques minutes plus tard, M. de Vaudricourt galopait à la lueur des étoiles le long des bois obscurs, sur une route durcie par la gelée et blanchie par le givre. Il était environ neuf heures quand il arriva à La Saulaye : il sauta à bas de son cheval, franchit la grille qui se trouva ouverte, et sonna à la porte de la maison. Il remit sa carte au domestique qui se présenta et attendit sur le seuil avec un profond sentiment d'anxiété.

Le domestique reparut presque immédiatement :

— Veuillez entrer, monsieur.

Le comte le pria de tenir son cheval, et suivit une femme de chambre que la curiosité avait attirée et qui lui servit de guide.

Elle l'introduisit dans un grand salon-bibliothèque qui attenait au laboratoire du docteur et où régnait une forte odeur de pharmacie. Le premier regard de M. de Vaudricourt tomba sur une jeune femme qui était accoudée sur une table devant la porte, et qui tenait un livre. La clarté d'une lampe se répandait sur ses beaux traits, et, malgré sa contenance tranquille et pensive, sa toilette sévère de faille noire, et ses modestes bandeaux à la vierge, le comte reconnut de suite la chasseresse hardie qu'il avait rencontrée un jour dans ses bois. — A quelque distance de la jeune femme, devant une table plus grande chargée de livres et de papiers, se tenait un homme d'une quarantaine d'années, à qui sa redingote noire, ornée d'une rosette rouge, prêtait l'apparence soignée et correcte d'un officier en costume civil. Ses traits étaient un peu gros et marqués, et sa tête un peu lourde avait un développement presque disproportionné qui étonnait : mais ses yeux avaient une expression admirable de vie, d'intelligence et de douceur. — Il s'était levé à l'entrée de Bernard, et il lui rendit son salut avec une grâce souriante et prévenante. Cette physionomie et cette attitude étaient si différentes de la dureté maussade à laquelle M. de Vaudricourt s'était attendu, qu'il en prit confiance.

— Docteur, dit-il, en refusant le siège qu'on lui offrait, je viens chez vous en suppliant... Ma fille est mourante... mourante du croup... Le docteur Raymond, qui l'a soignée, la regarde comme perdue... Il n'y a plus qu'une opération qui puisse la sauver... je n'ai pas le temps de télégraphier à Paris ni ailleurs... Enfin, docteur, vous seul pouvez rendre la vie à mon enfant !

Dès les premiers mots prononcés par le comte, le visage souriant du docteur Tallevaut était devenu très sérieux :

— Monsieur, dit-il, j'en éprouve le plus vif regret, mais vous savez que j'ai dû me faire une loi de ne plus exercer la médecine... Si je cédais une seule fois, je serais forcé de quitter le pays : car je n'aurais plus un jour de paix, et il faudrait renoncer à mes travaux...

— Monsieur, reprit Bernard, tout le monde dit que vous êtes humain... que vous êtes charitable... et vous me chargez de porter à une mère l'arrêt de mort de sa fille !

Et il essuya vivement deux larmes qui s'étaient détachées malgré lui de ses yeux, et qui avaient glissé sur ses joues pâles.

Le docteur Tallevaut le regarda un moment avec gravité. — Puis se tournant tout à coup vers la jeune femme qui suivait cette scène d'un œil curieux, mais calme :

— Sabine, dit-il, prépare tout ! — Tu vois de quoi il s'agit... Tu vas m'accompagner. — Vite, mon enfant !

Mademoiselle Sabine, qui s'était levée, sortit aussitôt du salon.

Le comte de Vaudricourt, sans dire un mot, saisit la main de M. Tallevaut et la lui serra avec une énergie convulsive.

— Monsieur, reprit le docteur, il m'est impossible de résister à votre appel... mais je dois vous prévenir que cette opération est par elle-même fort dangereuse et que, de plus, même quand elle réussit, elle peut avoir des conséquences fatales... Il n'y faut donc recourir qu'à

IL S'ÉTAIT LEVÉ A L'ENTRÉE DE BERNARD.

la dernière extrémité... Vous avez là une voiture?

— Oui, docteur.

— Pardon ! dit M. Tallevaut, mais il me faut au moins trois aides... Voyons. J'aurai d'abord Sabine, ma nièce... nous aurons ensuite le docteur Raymond... mais le troisième?

— Moi, docteur.

— Vous? le père? Oh ! non, monsieur... impossible... N'avez-vous pas quelque domestique de confiance... Un homme dévoué et ferme?

— Un de mes gardes?... Je le préviendrai en passant.

— Un de vos gardes? Oui, très bien.

Mademoiselle Tallevaut reparut en ce moment, toujours grave et calme, et marchant sans bruit ; elle portait d'une main une grande boîte en maroquin, et de l'autre un sac en toile gommée ; — sur un bras, deux tabliers en toile grossière. — Le docteur ouvrit vivement la boîte et passa en revue d'un rapide coup d'œil les brillants instruments d'acier dont elle était garnie : puis il ouvrit le sac, où se trouvait une provision de petites éponges, de fils cirés et d'autres objets usités dans les opérations chirurgicales.

— C'est bon ! dit-il. — Partons.

Il revêtit à la hâte un pardessus ; la jeune femme jeta sur ses épaules une mante à capuchon, et tous deux montèrent dans le coupé, pendant que M. de Vaudricourt prenait les devants au galop de son cheval. Il prévint en passant son garde Lebuteux, dont la maisonnette était très rapprochée du château, et qui s'y trouva déjà rendu au moment où le docteur Tallevaut et mademoiselle Sabine y arrivaient.

Le docteur, conduit par Aliette, qui était accourue au bruit de la voiture, fut bientôt dans la chambre de Jeanne. Il commença par adresser quelques questions rapides au docteur Raymond. Puis il se pencha sur le lit de l'enfant, lui prit le bras et la regarda longuement.

Il est temps, dit-il à demi-voix.

Se tournant alors vers Aliette et vers Bernard :

Madame, dit-il, ma chère dame, et vous aussi, monsieur, je vous demanderai de vouloir bien rester tous deux dans cette chambre... Nous allons transporter l'enfant dans le petit salon à côté. J'y ai vu des candélabres, un lustre... Qu'on allume tout cela et qu'on ajoute encore deux ou trois lampes... La table au milieu. Otez le tapis.

M. Tallevaut, allant d'une pièce à l'autre, continua de donner ses instructions en termes très clairs et, une demi-heure à peine après son arrivée, la pauvre Jeanne, enveloppée dans une couverture, était couchée sur la table de son petit salon, qui était illuminé comme pour une fête. Son père se tenait dans l'ouverture de la porte, qui communiquait d'une pièce à l'autre, et sa mère, à genoux dans la chambre, près du lit vide, le front dans ses mains, priait.

L'enfant, à demi asphyxiée, paraissait inconsciente. Le docteur Raymond lui maintenait fortement la tête de ses deux mains : à l'autre bout de la table, le vieux garde, à genoux, pesait sur les jambes de la malade et les assujettissait. A droite, près de la tête, se tenait debout mademoiselle Sabine : à gauche, le docteur Tallevaut, ayant sous la main tout son appareil chirurgical. Tous deux avaient revêtu le sarreau en toile bise des infirmiers. La vieille bonne Victoire, dont le docteur avait remarqué le sang-froid et l'intelligence pendant les derniers préparatifs, projetait de très près la lueur d'une bougie sur le cou dénudé de la petite Jeanne.

On sait que l'opération de la trachéotomie, un des miracles de la chirurgie moderne, a pour objet de prévenir, dans certains cas de croup, l'asphyxie imminente en rétablissant d'une manière artificielle la respiration du malade obstruée par les fausses membranes qui ont envahi le larynx. L'opération consiste à ouvrir la gorge au-dessous du larynx oblitéré et à faire pénétrer dans la trachée une sonde creuse, qui rend la liberté aux fonctions respiratoires et qui, en même temps, aide le patient à éliminer les fausses membranes qui l'étouffent.

On conçoit assez quelles qualités de science précise, de dextérité manuelle et de fermeté d'âme doit réunir l'homme qui entreprend pareille besogne. Sans entrer ici dans des détails répugnants, on peut dire du moins que, dans le cours de cette redoutable opération pratiquée sur une partie si délicate, si complexe et si vitale de l'organisme, le tranchant du bistouri ne doit ni hésiter ni s'égarer, et que, cependant, il ne fait jamais son œuvre sans provoquer des effusions de sang qui ne laissent guère à l'homme de science que le tact du doigt pour guide.

M. DE VAUDRICOURT S'ÉTAIT FAIT UN DEVOIR DE NE PAS PERDRE DE VUE SA FILLE.

M. de Vaudricourt, n'ayant point, comme sa femme, le soutien de la prière dans ce moment affreux, en éprouvait l'angoisse dans toute son intensité. Sans contrevenir formellement à l'injonction du docteur Tallevaut, et sans pénétrer dans le salon où la petite Jeanne avait été transportée, il s'était fait un devoir viril de ne pas perdre de vue sa fille pendant les minutes suprêmes où la question de sa vie ou de sa mort allait être tranchée Debout dans le cadre de la porte, immobile et pâle lui-même comme un mort, il contemplait avec une sorte de stupeur, comme dans un rêve horrible, ce drame étrange où son enfant maîtrisée et garrottée par des mains impitoyables, semblait subir sous l'acier quelque odieux martyre. Malgré son trouble profond, aucun détail de cette scène ne lui échappait : il entendait nettement chacune des paroles, rares et brèves, échangées entre le docteur Tallevaut et sa jeune pupille, qui lui servait d'aide principal : le plus souvent, c'était par un simple geste, par un signe qu'il lui donnait ses ordres, et même, la jeune femme ne les attendait pas toujours pour agir. Elle surveillait d'un œil profondément attentif le travail sanglant du bistouri, sa main adroite et délicate employant tour à tour, pour seconder l'opérateur, les éponges, les fils à ligatures, les crochets à écarter la plaie ; cette belle créature, dans sa grâce impassible, semblait accomplir doucement, avec ses mains rouges de sang, les rites de quelque farouche religion.

L'incision profonde étant faite, mademoiselle Sabine présenta à son tuteur la sonde creuse ; il l'engagea de suite dans l'ouverture de la trachée avec son admirable sûreté de main. Aussitôt un bruit semblable à un sifflement sonore se fit entendre dans le salon. Sabine noua vivement les rubans qui fixaient la sonde et entoura d'une cravate légère le cou de la malade. Puis le docteur enleva l'enfant dans ses bras, traversa rapidement le salon et la chambre, et vint déposer Jeanne sur son lit.

Le père et la mère, incertains, égarés, se pressaient autour du lit : ils pouvaient à peine en croire leurs yeux : le visage de Jeanne avait perdu subitement sa poignante expression d'anxiété mortelle : il n'exprimait plus qu'un soulagement profond et une paix souriante Aliette et Bernard se retournèrent vivement vers le docteur Tallevaut. Lui-même souriait :

Ça va bien ! leur dit-il.

Ils lui saisirent tous deux les mains avec effusion, essayant de lui parler, mais ne le pouvant pas ; leur cœur débordait et ils éclatèrent en sanglots.

Après une crise si cruelle, le docteur Tallevaut voulut laisser une pleine nuit de repos et de joie sans trouble au père et à la mère de la petite Jeanne. Mais le lendemain (il avait passé la nuit au château avec Sabine), il ne leur cacha pas que le succès de l'opération n'était pas la fin de la maladie, qu'il restait à guérir l'affection morbide, bien qu'on lui eût enlevé son symptôme le plus grave et son danger le plus imminent, et qu'en outre l'opération en elle-même pouvait ouvrir le champ à des accidents consécutifs très sérieux. Bref, il était nécessaire de continuer à soigner et à surveiller l'enfant avec une extrême attention. Du reste, on devait avoir toute confiance, à cet égard, en son excellent confrère, le docteur Raymond, qui voudrait bien, d'ailleurs, le prévenir s'il survenait quelque complication.

M. Tallevaut achevait de donner à monsieur et à madame de Vaudricourt cet avertissement un peu alarmant, quand on vint lui dire que la voiture l'attendait dans la cour. Il était à peine huit heures du matin.

Comment ! s'écria Aliette, vous partez déjà, mon cher bon monsieur !

Vous ne restez même pas à déjeuner avec nous ?

— Ma chère dame, dit M. Tallevaut, vous savez que je suis un homme sauvage, et que j'ai fait un terrible extra en venant chez vous hier soir... Maintenant, vous voulez bien me permettre, n'est-ce pas, de retourner à mes travaux, qui sont assez urgents ?

Aliette joignit les mains, en signe de détresse, et son charmant visage prit un air de si profonde désolation, que M. Tallevaut en fut touché.

— Voyons ! dit-il... Vous êtes une de ces personnes à qui il est difficile de rien refuser... Qu'est-ce que vous voudriez ?

— Je voudrais vous garder quelques jours auprès de ma pauvre petite ressuscitée ?

— Diable !... Mais voyons, chère madame, si je vous laissais ma nièce Sabine, ici présente,... je l'appelle ma nièce, quoiqu'elle ne soit que ma cousine,... si je vous la laissais ?... Je vous assure que ce serait comme si j'étais là moi-même,... c'est une infirmière de premier ordre, ma nièce, et même mieux que cela... au premier symptôme suspect elle m'appellerait... De plus, je vous promets de venir voir l'enfant tous les soirs jusqu'à sa parfaite guérison... est-ce entendu ?

Aliette s'était tournée timidement vers mademoiselle Tallevaut qui assistait à cet entretien avec sa tranquillité habituelle, prête à partir et drapée dans sa mante à capuchon.

— Mademoiselle, ce serait mettre le comble à votre admirable dévouement !

— Si vous le désirez, madame, et si mon oncle le permet... dit la jeune fille, en inclinant légèrement son buste magnifique.

— Ah ! que je vous remercie, mademoiselle ! s'écria Aliette, qui pressa sur son cœur les deux mains de Sabine.

Il y eut ensuite une brève conférence en aparté entre le docteur et sa nièce et pupille ; après quoi M. Tallevaut prit congé de ses hôtes. M. de Vaudricourt, en le mettant en voiture, lui dit avec émotion :

— Je n'ai pas de paroles, monsieur, pour vous dire combien nous vous sommes reconnaissants !

— N'y pensez pas, monsieur : vous êtes, madame votre femme et vous, de ceux qu'on a grand plaisir à obliger. — A ce soir !

VI

Dès ce jour, mademoiselle Tallevaut fut installée au château où elle reçut, comme on peut le croire, l'hospitalité la plus confortable et la plus cordiale. Introduite ainsi brusquement dans l'intimité de deux personnes d'une distinction supérieure, et dans un intérieur où régnaient de grandes recherches de somptuosité et d'élégance, cette jeune fille n'y parut ni gênée ni déplacée. A la souplesse d'esprit habituelle chez les femmes elle joignait une réserve et même une sorte de dignité naturelle qui la mettaient de plain-pied au niveau de la meilleure compagnie ; son orgueil, qui n'était pas petit, la tenait d'ailleurs sévèrement en garde contre des étonnements ou des gaucheries de provinciale. C'était seulement au jeu rapide de ses paupières ou à l'intensité curieuse de son regard que se devinaient parfois ses surprises devant des raffinements de luxe évidemment nouveaux pour elle. Elle usait, du reste, avec une extrême discrétion, surtout au commencement de son séjour, de la société de ses hôtes. Elle passait, à différents intervalles, plusieurs heures dans la journée auprès du lit de Jeanne, la soignant, la pansant, après quoi elle se retirait dans sa chambre avec quelques livres empruntés à la bibliothèque du château. Après les repas seulement, suivant la couleur du temps, elle se promenait un moment dans le parc entre Aliette et son mari, ou demeurait avec eux au salon. Elle parlait peu et bien, dans une langue remarquablement précise et ferme, laissant voir, sans affectation, un fonds de connaissances très nourri, mais en même temps, sur toutes les matières, une sorte d'indifférence souveraine et un peu ironique qui avait quelque chose d'inquiétant. M. de Vaudricourt retrouvait dans ces occasions cette nymphe des bois hautaine et railleuse qui l'avait bravé un

MADEMOISELLE TALLEVAUT SE PROMENAIT ENTRE ALIETTE ET SON MARI.

matin dans l'exercice de ses droits de propriétaire. — En d'autres circonstances, Aliette aurait pu se dire qu'une personne d'une aussi rare beauté et d'une originalité aussi intéressante n'était pas de celles qu'il peut être sage de mêler à sa vie familiale. Mais uniquement préoccupée alors de la santé de sa fille, et à peine rassurée sur sa vie, elle ne pouvait avoir, à l'égard de Sabine, que des sentiments de reconnaissance ; elle ne se lassait pas d'admirer l'adresse gracieuse de ses mains dans les soins qu'elle rendait à sa petite convalescente. — Un peu plus tard, quand elle eut l'esprit plus tranquille, elle parlait gaiement à son mari de l'impression particulière que lui causait mademoiselle Tallevaut :

— Je ne peux pas dire qu'elle me plaise, disait-elle, plaire n'est pas le mot : elle me charme... elle me représente une magicienne... Remarquez-vous qu'elle marche sans bruit? Ses pieds n'appuient pas... elle marche comme une somnambule... comme lady Macbeth, je suppose ! Mais c'est une magicienne bienfaisante et une lady Macbeth sœur de charité.

— Voilà bien ma femme ! répondait Bernard : une magicienne... une lady Macbeth !... Mon Dieu ! c'est une belle institutrice, voilà tout !

Cependant, grâce aux dévouements réunis de Sabine et du docteur Raymond, grâce surtout à l'intervention assidue du docteur Tallevaut, la convalescence de Jeanne fut préservée des accidents redoutables qui suivent trop souvent les opérations du genre de celle qu'elle avait subie. Au bout de trois semaines, M. Tallevaut déclara que toute ombre de danger avait disparu, et qu'il n'y avait plus aucune raison pour que sa nièce prolongeât son séjour à Valmoutiers. Ce fut en vain que Bernard, en renouvelant toutes ses chaleureuses protestations de gratitude, essaya de lui faire accepter des honoraires.

— Non ! dit-il, pour rien au monde !... Je ne peux même pas... je ne suis plus de la profession... je n'exerce plus que par charité ou par amitié.

— Soit ! je retiens le mot, docteur, dit Bernard, et c'est entre nous deux à la vie et à la mort.

— Pourtant, reprit M. Tallevaut, comme Aliette entrait dans le salon, en fait d'honoraires, si madame de Vaudricourt me proposait de m'embrasser, j'avoue que j'accepterais... attendu que je l'aime beaucoup.

— Oh ! de tout mon cœur, monsieur, s'écria la jeune femme en accourant et en lui présentant ses deux joues l'une après l'autre.

On conçoit aisément que deux natures aussi généreuses que celles de Bernard et d'Aliette ne devaient pas laisser tomber en oubli un pareil service rendu avec un pareil désintéressement. Ils ne pouvaient manquer dès ce moment de s'ingénier l'un et l'autre pour donner à M. Tallevaut et à sa nièce des preuves petites ou grandes de la fidélité de leurs sentiments. Quant à M. Tallevaut personnellement, il était très difficile d'imaginer quelque moyen de lui être agréable : tous ses goûts et tous ses plaisirs se concentrant dans l'étude, les politesses en usage entre gens du monde ne pouvaient guère que le déranger et le désobliger. C'était donc surtout et à peu près uniquement à sa nièce qu'ils pouvaient adresser des témoignages directs de leur reconnaissance. Mademoiselle Tallevaut, quoique peu expansive, avait été naturellement amenée à parler avec quelque détail à Aliette et à Bernard de sa famille, de sa mère depuis longtemps frappée de paralysie, et de sa situation personnelle dans la maison de M. Tallevaut. Elle avait même confirmé par quelques allusions le bruit qui courait dans le public d'attentions quotidiennes et des plus gracieux procédés de voisinage.

Aliette faisait de fréquentes visites à La Saulaye, et il lui arrivait souvent d'emmener sa belle voisine à Valmoutiers pour un jour ou deux. M. Tallevaut se prêtait volontiers à ces enlèvements,

— OH ! DE TOUT MON CŒUR, MONSIEUR, S'ÉCRIA LA JEUNE FEMME.

de son union projetée avec son tuteur. Ce mariage, qui paraissait fixé à l'automne suivant, époque de la majorité de Sabine, devait fournir aux Vaudricourt une heureuse occasion de faire accepter à la jeune fille quelque riche souvenir. En attendant, elle fut, dès ce moment, comblée d'égards particuliers, bien qu'ils le privassent par intervalles de son utile collaboratrice. Mais il était heureux, et flatté de l'intimité de sa fiancée avec une jeune femme dont il avait vite apprécié la valeur morale. Il était heureux, en même temps, de voir sa pupille sortir ainsi par échappées de l'existence un peu austère dans laquelle il se reprochait quelquefois de la confiner.

Parmi les distractions que monsieur et madame de Vaudricourt s'empressèrent d'offrir à mademoiselle Tallevaut, on pense bien que la chasse ne fut pas oubliée. En lui annonçant qu'elle pouvait désormais chasser sur ses terres et dans ses bois au fusil, au furet et même au collet sans avoir à craindre le moindre procès-verbal, Bernard se plut à lui rappeler leur première rencontre, insistant plaisamment sur les sentiments de fureur vengeresse dont elle l'avait pénétré. Ce souvenir la mit fort en gaieté : deux fossettes se creusèrent dans ses joues brunes, pendant que ses lèvres s'ouvraient comme le calice d'une belle fleur rouge en laissant voir la rangée fine et l'émail pur de ses dents.

« C'est dommage, se dit à part lui M. de Vaudricourt, qu'elle rie si rarement : car elle est étourdissante quand elle rit ! »

Malheureusement elle l'était aussi quand elle ne riait pas.

Mademoiselle Tallevaut prit donc l'habitude de chasser assez souvent en compagnie des châtelains de Valmoutiers, et elle essaya, sans grand succès, de communiquer à Aliette le secret de son sang-froid et de son calme devant le gibier ; en revanche, Aliette lui donnait, avec le concours assidu de son mari, des leçons d'équitation dont la jeune fille profitait merveilleusement. Bien faite, adroite et hardie, elle avait tout ce qu'il fallait pour réussir et même pour briller dans ce genre de sport, le costume de cheval mettant en relief la pleine et svelte harmonie de ses formes. Une des plus belles bêtes des écuries de Valmoutiers fut spécialement dressée pour elle par le comte lui-même, et fut réservée pour son usage particulier, en attendant que les circonstances permissent de la mettre dans sa corbeille.

Ces rapports presque quotidiens, les incidents de chasse, les leçons d'équitation auxquelles se joignaient quelques leçons de valse après le dîner, ne pouvaient manquer de faire naître peu à peu entre mademoiselle Tallevaut et ses hôtes de Valmoutiers une certaine familiarité enjouée. M. de Vaudricourt, surtout, sans s'écarter des formes les plus respectueuses, n'avait pas tardé à prendre avec Sabine sa manière favorite de légère et perpétuelle raillerie. Mais, à cet égard, il trouvait à qui parler, mademoiselle Tallevaut lui tenant parfaitement tête et lui disputant la palme en fait de doux persiflages et de sous-entendus ironiques : sa voix grave et bien timbrée était très propre à marquer la note sarcastique qu'elle employait assez volontiers avec son professeur de danse et d'équitation. Il arrivait quelquefois qu'Aliette étant retenue pour une raison ou pour une autre, Bernard et Sabine partaient tous deux seuls pour la chasse et pour une promenade à cheval : quoiqu'ils fussent suivis d'un garde ou d'un domestique, c'étaient là de véritables tête-à-tête, mais qui n'avaient rien de choquant pour ceux qui savaient que mademoiselle Tallevaut avait été élevée dans la liberté d'allures des jeunes Américaines. Au surplus, ce qui se passait dans ces tête-à-tête défiait la médisance : il n'était guère question entre M. de Vaudricourt et mademoiselle Tallevaut que de détails hippiques ou cynégétiques, ou, quand ils quittaient ces sujets spéciaux, c'était pour reprendre leur petite guerre d'escarmouches inoffensives. Ainsi, Bernard remarquant la parfaite impassibilité de Sabine devant l'agonie d'un chevreuil :

— J'ai peur, décidément, ma voisine, disait-il, d'après mille et un symptômes, que vous n'ayez pas de cœur !

— Savez-vous, mademoiselle et chère voisine, ce qui me plaît en vous?... C'est que vous n'avez aucune des qualités de la femme !

— Oui... dit-elle, et vous espérez que j'en ai tous les défauts.

J'AI PEUR, MA VOISINE, QUE VOUS N'AYEZ PAS DE CŒUR !

Elle lui jetait un regard rapide, et répondait tranquillement :

— Moi, d'après mille et un symptômes, j'ai peur que vous n'en ayez trop !

Un autre jour :

— C'est possible !

— C'est sûr !

Tel était le ton général de leurs innocents entretiens.

Cependant deux ou trois mois s'étaient

écoulés depuis la complète guérison de la petite Jeanne sans que le comte de Vaudricourt eût manifesté à aucun degré le désir d'aller se refaire à Paris des tristesses de la campagne. C'était en vain qu'Aliette l'y poussait de temps en temps et lui rappelait le programme arrêté entre eux à ce sujet.

— Du moment que je ne m'ennuie pas, répondait Bernard, il est inutile de me déplacer... Je m'acclimate... je m'encroûte... il faut me laisser faire... il faut laisser opérer la cristallisation... D'ailleurs, ma chère, puisque vous comptez vous-même aller à Paris après Pâques en avril, je puis très bien attendre jusque-là.

Avril vint, et le voyage à Paris n'eut pas lieu. Il se trouva que, vers cette époque, la santé d'Aliette, qui s'était ressentie de la secousse de Saint-Germain, et que la maladie de sa fille avait de nouveau ébranlée, donna quelques inquiétudes. La jeune femme était devenue sujette à d'assez fréquentes défaillances, qui quelquefois tournaient à la syncope. Toutefois l'avis de M. Tallevaut, entièrement conforme à celui du docteur Raymond, fut que le mal n'avait aucune gravité, qu'il n'atteignait aucun organe vital, et qu'il s'agissait seulement d'un état anémique, conséquence des anxiétés épuisantes que madame de Vaudricourt avait récemment traversées. Aliette insista pour ne rien changer à ses projets et pour aller à Paris. Mais Bernard s'y refusa.

— Vous n'y alliez en réalité, lui dit-il, que pour m'être agréable, et il ne me serait nullement agréable de vous y traîner souffrante comme vous êtes... Soignez-vous, fortifiez-vous, calmez vos pauvres nerfs, et nous ferons notre petit séjour à Paris cet automne quand vous reviendrez de chez votre mère.

Madame de Vaudricourt s'appliquait de son mieux à calmer ses pauvres nerfs, comme son mari avait la bonté de le lui conseiller, mais il eût été très nécessaire qu'il lui aidât, et malheureusement, — comme on l'a certainement deviné, — c'était tout le contraire.

Délivrée de toute alarme du côté de sa fille, et redevenue maîtresse de toute sa fine et sagace intelligence, il n'était pas possible qu'Aliette tardât beaucoup à comprendre les inconvénients et même les dangers de l'intimité presque forcée qui s'était établie entre les habitants de La Saulaye et ceux de Valmoutiers. L'attachement tout nouveau de son mari pour la vie de la campagne, sa répugnance à s'en écarter, même pour quelques jours, avaient achevé de lui ouvrir les yeux. Il était trop évident qu'il y était retenu par quelque intérêt secret qui occupait désormais et amusait sa pensée. Madame de Vaudricourt se rendait compte avec clairvoyance de la séduction particulière que devait exercer sur un esprit blasé comme celui de Bernard, et surtout dans le désœuvrement de la campagne, la personnalité étrange de mademoiselle Tallevaut, — sa beauté originale, sa force d'âme, son mystère. Elle ne la redoutait pas seulement comme une femme qui pouvait lui enlever le cœur de son mari ; elle la redoutait comme un esprit ennemi, comme un être ironique et malfaisant, une sorte de mauvais ange qui venait détruire sa propre influence sur l'âme de son mari et mettre à néant pour jamais tous ses rêves et toutes ses espérances d'épouse chrétienne. Elle n'ignorait pas que Sabine avait été élevée par son tuteur dans la négation des croyances qui lui étaient si chères, et, sans qu'elle sût pourquoi, cette incrédulité affichée qui la choquait à peine chez le docteur Tallevaut, lui semblait odieuse et repoussante chez la jeune fille.

Et pourtant que faire? M. Tallevaut avait sauvé sa fille d'une mort certaine. Mademoiselle Tallevaut avait pris elle-même une part active et dévouée à cette œuvre de salut, — et ce n'était pas un des moindres tourments d'Aliette que cette lourde obligation de reconnaissance et de bon accueil envers celle qu'elle regardait alors comme un génie funeste introduit dans sa maison.

Tous ces sentiments contradictoires se mêlant et se confondant dans l'âme d'Aliette la troublaient jusqu'au fond, et la condamnaient à une contrainte si pénible et si continuelle que sa santé même en était atteinte.

Pendant ce temps-là M. de Vaudricourt, sans être aussi douloureusement affecté, n'était guère plus tranquille. Les souffrances jalouses et les appréhensions morales de sa femme n'entraient pour rien dans ses agitations : car il ne les soupçonnait même pas. Absolument dupe de la profondeur de dissimulation dont Aliette partageait le privilège avec tout son sexe, il était de plus trop occupé de mademoiselle Tallevaut pour accorder quelque attention à tout ce qui n'était pas elle. Comme tous ceux qu'une passion de ce genre absorbe, il n'avait plus pour tout le reste qu'une indifférence distraite : il ne voyait plus que sa passion, et il se persuadait, suivant l'usage, qu'il était seul à la voir ; sa conduite et sa tenue envers sa dangereuse voisine étaient d'ailleurs, à ce qu'il lui semblait, irréprochables ; s'il profitait aussi souvent qu'il le pouvait de relations de voisinage et d'intimité que le hasard des événements leur avait imposées, s'il recherchait avec un empressement soucieux toutes les occasions de se rapprocher d'elle, de sentir son contact, de boire ses rares paroles, de respirer son souffle, — jamais un acte imprudent ni même un seul mot inconsidéré n'avaient trahi son secret : il croyait donc fermement en être seul maître, et véritablement, à l'exception des deux personnes que ce secret intéressait le plus, — à savoir : sa femme et mademoiselle Tallevaut, il était seul à le connaître. M. de Vaudricourt n'était, nous le savons, ni un enfant, ni un sot, ni un fou : c'était même un esprit des plus ouverts et des plus avisés, mais il était amoureux, il l'était passionnément, peut-être pour la première fois de sa vie, et, en conséquence, la plus grande partie de ses facultés intellectuelles subissait pour le moment une éclipse à peu près totale.

Heureusement ses qualités morales demeuraient plus entières, et il était loin de s'abandonner sans combat, sans luttes viriles, à sa fatale passion. Il ne se dissimulait nullement que l'amour de mademoiselle Tallevaut lui était interdit par les lois les plus élémentaires, non seulement de la morale, mais de l'honneur : elle était la parente, la pupille, la fiancée de l'homme dont la science et le dévouement avaient ressuscité sa fille. Il ne pouvait la détourner de ses devoirs qu'en se rendant coupable envers cet homme de la plus vile ingratitude et de la plus basse trahison. Il le savait, et il faisait en réalité tout ce qui lui était possible pour échapper à ces abîmes de honte, excepté la seule chose qu'il eût dû faire et qui était de fuir !

Ne trouvant pas la force de se soustraire au charme dont la présence de cette belle et singulière fille l'enveloppait, il rassurait sa conscience en se représentant précisément la puissance des obstacles qui les séparaient. — Il aurait eu dans sa vie les émotions d'une passion malheureuse, d'un désir inassouvi. S'il en souffrait plus ou moins, cela le regardait. Du reste, il se ferait sauter la cervelle plutôt que de manquer grossièrement, odieusement à celui qui avait sauvé la vie de son enfant.

Comme pour redoubler et fortifier encore les impossibilités qui se dressaient entre Sabine et lui, il se liait chaque jour plus intimement avec M. Tallevaut, pour lequel il se prenait, en toute sincérité, d'une estime et d'une sympathie croissantes. Il savait, par ses gardes et par ses fermiers, que non seulement M. Tallevaut répandait chez les pauvres gens du pays des secours et des aumônes très considérables relativement à sa modeste fortune, mais qu'il leur faisait des sacrifices encore plus méritoires en leur donnant presque chaque matin, en visites et en consultations, un temps précieux dérobé à ses travaux. Il admirait d'autant plus chez son voisin cette charité si discrète, si prodigue et si désintéressée, qu'il n'ignorait pas avec quel attachement passionné il se consacrait à ses études scientifiques et à l'œuvre capitale dans laquelle il devait les résumer. Cette œuvre qui se publiait depuis deux ou trois ans par livraisons semestrielles, et dont les premiers fascicules lui avaient déjà valu la plus haute sanction de l'Institut, était une sorte de précis historique du progrès des sciences naturelles depuis le commencement jusqu'à la fin de ce siècle, et avait pour titre : — *Inventaire scientifique du* XIXe *siècle.* — L'idée seule d'une pareille entreprise, réalisée dans ses conditions nécessaires de développement et de méthode, a quelque chose d'écrasant pour la pensée. M. Tallevaut s'y était voué dès sa première jeunesse avec l'enthousiasme d'un apôtre, car il n'aimait pas seulement la science pour les profondes joies intellectuelles qu'elle lui procurait : il l'aimait d'un amour presque pieux en raison des grands résultats qu'il en attendait pour l'avenir moral et religieux de l'humanité.

Chose étrange ! quoique ce missionnaire de la science et de la libre pensée ne pût être pour madame de Vaudricourt qu'une sorte de nihiliste dangereux, elle n'en sentait pas moins pour lui un faible de cœur ; et de même le docteur Tallevaut, malgré ses hautaines préventions laïques, ne se défendait pas d'une prédilection affectueuse pour sa très catholique voisine. Il semblait que ces deux êtres excellents fussent tous deux rapprochés par leurs vertus contradictoires, mais également supérieures. A la vérité, M. Tallevaut s'abstenait sévèrement, devant Aliette, de tout propos qui eût pu blesser ses croyances. Il ne gardait pas, naturellement, la même réserve avec Bernard, dont il avait vite deviné l'entière liberté d'esprit.

Quand Sabine était installée momentanément au château, son tuteur y venait quelquefois dîner ; il s'en retournait le plus souvent à pied, et il n'était pas rare que M. de Vaudricourt l'accompagnât pendant une partie de la route. Dans ces tête-à-tête assez fréquents et assez prolongés, leurs entretiens prenaient de plus en plus le ton de l'intimité et de la confidence amicale. Ils tombèrent plus d'une fois sur la question religieuse, et ce fut un étonnement pour Bernard de trouver le langage de M. Tallevaut sur ces matières aussi différent de la raillerie voltairienne que de la grossière fureur anticléricale. Il y apportait la gravité, le respect et la douceur d'un grand esprit qui est au-dessus de toute passion haineuse. Il y apportait même un accent profondément religieux : car il avait sa foi, et comme elle était chez lui sincère et enthousiaste, il se laissait entraîner à une certaine ardeur de prosélytisme. Ce qu'il admettait le moins, en fait de religion, c'était l'indifférence, et il essayait de faire entendre à Bernard sur ce sujet des vérités assez délicates, que celui-ci acceptait toutefois cordialement, la bonté affectueuse de la forme tempérant suffisamment l'austérité du fond.

« Il était donc, suivant M. Tallevaut, indigne d'un homme de renoncer à toute croyance idéale parce qu'il avait perdu l'idéal chrétien : il fallait, de toute nécessité, s'attacher à une croyance idéale, si l'on ne voulait pas se rapprocher peu à peu de l'animalité... Un homme bien né, qui ne croit plus à rien et qui s'y résigne, se trouve encore soutenu quelque temps par l'impulsion première de son éducation par les convenances extérieures de sa classe sociale : mais, en réalité, le sentiment du devoir et de la dignité morale, ne reposant plus sur rien, s'efface chez lui de plus en plus : il n'a plus qu'un objectif dans la vie, celui des faciles et basses jouissances ; il descend ainsi peu à peu, sous son vernis civilisé, à l'échelle morale du nègre, et dans cette chute, à mesure qu'il vieillit, il tombe plus bas... Son intelligence même se déprime et s'abaisse ; il ne prend plus des choses de l'esprit que ce qu'elles ont de plus futile, de superficiel, et en quelque sorte de matériel... En fait de lecture, il ne lit plus que des romans et des journaux ; en fait de théâtre, il n'a plus de goût que pour les œuvres d'un ordre inférieur, pour les spectacles qui s'adressent presque uniquement aux sens... N'est-ce pas l'histoire des hommes ou des peuples qui ont perdu tout idéal?

» Le sentiment religieux, la croyance à un idéal pouvaient seuls donner à l'homme la volonté, la force et le goût de remplir noblement sa destinée en consacrant sa vie au culte du bien, du vrai, du beau, — et il dépendait de tout homme intelligent d'arriver à cette croyance idéale par la contemplation et l'étude de la nature, c'est-à-dire par la science. — C'était donc par la science qu'on devait parvenir à combler le vide effrayant que laissaient dans le monde moral les anciennes religions épuisées. C'était par la science que M. Tallevaut s'était élevé lui-même à cette foi qui le soutenait dans son rude labeur scientifique, lequel était en même temps une œuvre de propagande : le bien qu'il faisait autour de lui, c'était la science qui le lui inspirait. »

Quelle était, en réalité, cette religion philosophique où il puisait son courage et ses vertus? Il l'expliquait à Bernard avec une éloquence et une élévation de langage dont nous ne disposons pas, aussi devons-nous nous borner à en résumer brièvement la théorie. M. Tallevaut avait été amené, par le cours de ses études, à cette conviction que l'œuvre divine de la Création se poursuit indéfiniment dans l'univers ; que tout être intelligent est appelé à contribuer et à collaborer en quelque sorte pour sa part à cette œuvre de perfection et d'harmonie progressives ; que c'est son devoir de le faire, et qu'il doit trouver dans le pur accomplissement de ce devoir et dans la conscience de servir à un but supérieur la récompense et la joie de sa vie.

— Mais, disait Bernard, puisqu'il s'agit de suppléer aux religions qui s'éteignent, espérez-vous donc, docteur, convertir jamais la masse humaine, le peuple, en un mot, à votre religion philosophique, dont je ne nie pas la grandeur, mais qui exige une si forte initiation intellectuelle?

— Je n'ai pas cette illusion, répondait le docteur Tallevaut ; mais cela est inutile : il suffira de convertir une élite, une élite qui deviendra un jour assez importante pour dominer la foule et la contraindre au devoir par l'autorité morale ou par la force.

— Mais, docteur, reprenait Bernard en riant, savez-vous que vous êtes un terrible aristocrate?

— Assurément. M'avez-vous donc pris pour un démagogue parce que je suis un homme de science? C'est une idée singulière, quoique fort répandue. Elle est le contraire de la vérité. La science est l'ennemie naturelle de la démocratie, parce qu'elle est l'ennemie naturelle de l'ignorance, — et encore plus de la médiocrité... Or, que peut faire la démocratie, si ce n'est d'élever les ignorants au rang de médiocres? C'est un affreux progrès ! — Pour moi, j'ai pitié des ignorants, des faibles, des misérables ; mais, quant à flatter leurs passions ou à subir leur domination, jamais !

Puis, revenant à ses sentiments religieux :

— Croyez-moi, mon ami, disait-il, il y a une douceur infinie à sentir qu'on est dans la vérité et qu'on marche pour ainsi dire la main dans la main de l'Éternel, parce qu'on fait son œuvre avec lui... C'est ainsi que je vis, pour mon compte, dans une sécurité qui a, je puis le dire, quelque chose de paradisiaque... Si elle est quelquefois troublée, c'est uniquement par la crainte de ne pouvoir mener jusqu'au bout l'œuvre à laquelle j'ai voué mon existence.

— Pourquoi de pareilles craintes, mon cher docteur? Vous êtes dans toute la force de l'âge.

— Sans doute. Mais... *Ars longa, vita brevis*... Et puis, j'ai la tête un peu grosse et le cœur aussi..., de sorte que je suis forcé de limiter mes heures de travail... C'est ma seule tristesse au monde.

VII

Dans la soirée même où le docteur Tallevaut et Bernard avaient ensemble, sur le chemin de La Saulaye, l'entretien dont nous venons de rapporter les derniers traits, madame de Vaudricourt, après avoir fait un peu de musique à la prière de Sabine, se trouva fatiguée, s'excusa auprès de la jeune fille en l'embrassant comme elle avait coutume de le faire chaque soir, et monta chez elle. On était alors au milieu du mois de mai : la journée avait été particulièrement douce et belle, et la soirée ne l'était pas moins. Aliette, avant de se défaire pour la nuit, s'était accoudée sur une des fenêtres de sa chambre pour respirer les vagues senteurs que répandaient dans l'air les verdures nouvelles, les premières violettes

ALIETTE S'ÉTAIT ACCOUDÉE SUR UNE DES FENÊTRES DE SA CHAMBRE.

et les muguets des bois. Sur le feuillage naissant des futaies et sur l'étendue des campagnes, le ciel, étincelant d'étoiles, versait une blanche lueur sidérale. Au milieu de la contemplation rêveuse où elle s'absorbait, la jeune châtelaine de Valmoutiers eut tout à coup un léger tressaillement : elle venait d'apercevoir l'ombre élégante de mademoiselle Tallevaut, traversant une allée du parc, et se dirigeant vers une avenue qui aboutissait, en abrégeant la route, à une petite distance de La Saulaye.

... Il était environ onze heures du soir quand M. de Vaudricourt, ayant quitté le docteur Tallevaut, et revenant à Valmoutiers à travers ses bois, entrevit dans la pénombre pâle de l'avenue une femme qui s'avançait vers lui, marchant d'un pas souple et silencieux, les coudes au corps, la tête et le buste drapés dans une mantille à l'espagnole. — Il la reconnut aussitôt, c'était celle dont, en ce moment même, il évoquait l'image troublante dans le cadre enchanté de cette nuit de printemps. L'émotion fut si violente que son cœur s'arrêta brusquement, comme cabré : puis il bondit avec une forte secousse et reprit son cours.

Ils furent bientôt à quelques pas l'un de l'autre :

— Comment ! mademoiselle, dit Bernard du ton le plus tranquille, c'est vous? J'ai cru que c'était votre fantôme.

— Non, répondit la jeune fille avec le même calme, ce n'est pas mon fantôme ! c'est moi-même... La beauté de la soirée m'a tentée, — et j'ai pris cette avenue avec le vague espoir de vous rencontrer.

— Je ne crois pas ça... Je crois que vous êtes sortie pour cueillir des herbes magiques dans la forêt à la clarté des étoiles.

— Comme une sorcière?

— Comme une jeune et belle sorcière.

— Trop de bonté ! — Nous retournons, n'est-ce pas?

— Si vous voulez !

— Mais, naturellement, je le veux.

Elle reprit alors le chemin du château en compagnie de M. de Vaudricourt. Elle paraissait, contre son ordinaire, éprouver un léger embarras, ôtant et remettant un de ses gants avec distraction :

— C'est incroyable, dit-elle, tout ce qu'on entend de bruits étranges dans les bois, la nuit.

— Est-ce que vous avez eu peur?

— Quelle plaisanterie ! — Non... mais il m'a semblé une ou deux fois entendre marcher dans le taillis.

— Très possible. Nous ne manquons pas ici de braconniers.

— Ni de braconnières, dit-elle en riant.

— Les braconnières, je m'en console ! dit Bernard du même ton... Voulez-vous mon bras, mademoiselle?

— Non. Merci !

Il y eut une minute de silence, puis elle reprit :

— De quoi avez-vous parlé avec mon tuteur?

— Mais de choses fort sérieuses, — de science, de philosophie, de religion.

— Ça ne peut, dit-elle, que vous faire du bien.

— Je l'espère, dit Bernard ; mais, jusqu'à présent, je ne fais que sentir plus amèrement la distance qui me sépare d'un homme comme votre tuteur... Si j'avais comme lui consacré ma vie à l'étude, à la science, au lieu de la dissiper dans de stupides plaisirs, j'en serais meilleur et plus heureux.

M. DE VAUDRICOURT ENTREVIT DANS LA PÉNOMBRE UNE FEMME QUI S'AVANÇAIT VERS LUI.

— Croyez-vous, monsieur de Vaudricourt?... Meilleur, c'est probable... car ce ne serait pas difficile... mais plus heureux, j'en doute un peu... Moi, j'ai beaucoup étudié, vous savez... il n'y a pas une de ces constellations là-haut dont je ne connaisse le nom, l'ordre et la marche, — il n'y a pas un insecte endormi dans ces taillis dont je ne connaisse le mystérieux organisme, et le genre, et l'espèce, et les mœurs, — pas une pierre dans ce chemin dont je ne puisse vous dire l'âge généalogique... pas une mousse, ni une goutte de rosée que je ne puisse vous analyser avec la dernière exactitude... et je ne suis pas du tout convaincue que j'en sois plus heureuse, ni même meilleure !

— Vous seule sous le ciel, je crois, savez ce qui se passe dans votre tête et dans votre cœur.

— Peut-être bien.

— Mademoiselle Tallevaut?

— Monsieur de Vaudricourt?

— Puis-je me permettre de vous demander, au milieu de cette solitude, quelle est votre religion?

— Mais celle de mon tuteur, naturellement.

— Et vous pensez qu'elle vous suffirait pour résister à toutes les tentations de ce monde, même aux plus puissantes, même aux plus terribles?

— Jusqu'ici elle m'a suffi.

— Vous devriez bien alors, mademoiselle, me la faire partager... car votre oncle, malgré sa conviction et son éloquence, n'y est pas encore parvenu..., et jamais cependant je n'aurais eu plus grand besoin de la sûreté et de la fermeté de conscience qui peut seule donner une croyance supérieure.

— Vous voulez sérieusement, monsieur de Vaudricourt, que je vous prêche ma religion?

— Tout à fait sérieusement.

— Cela ferait trop de peine à votre aimable femme.

— Ma femme, dit gravement Bernard, sait que je suis éloigné de ses croyances et que je n'y reviendrai jamais.

— Non !... répéta mademoiselle Tallevaut, cela lui ferait trop de peine... et je l'aime beaucoup votre femme... beaucoup ! — De plus, j'aperçois les lumières du château, et le temps nous manquerait... car ça ne doit pas être une petite affaire que de vous convertir... Et puis...

— Et puis... quoi?

— Vous n'êtes pas initié... vous ne comprendriez pas.

— Merci bien... mais essayez toujours... j'aime tant votre voix !... Quand je n'entendrais pas les paroles, la musique suffirait !

— Monsieur de Vaudricourt, ne me dites pas de douceurs, voulez-vous? J'aime mieux vos impertinences... et j'aime à vous les rendre... parce qu'en réalité c'est le seul ton possible et convenable entre nous deux... vous me comprenez, n'est-ce pas?

Elle avait relevé la tête vers lui, et la bouche entr'ouverte par son sourire de sphinx, elle lui montrait son beau visage, que les clartés du ciel pâlissaient.

Il s'arrêta, se pencha un peu sur elle, et la couvrant d'un regard passionné :

— Sabine ! dit-il d'une voix sourde, pourquoi faut-il qu'il y ait des abîmes entre nous !

Comme pour le gronder et le calmer, elle posa sa main nue sur celle de Bernard :

— Voyons, monsieur ! dit-elle doucement.

Il retint sa main, qui était un peu grande, mais d'une forme admirable :

— Bien heureux, murmura-t-il, celui qui s'appuiera à jamais sur cette main si belle, si douce, si brave !

Et, dans un mouvement soudain, il y attacha ses lèvres ardemment.

Elle la retira, vivement et, se jetant en arrière :

— Ah ! dit-elle d'une voix étouffée, une fille sans défense !... qui se fie à vous !

— Pardon !

— Me suis-je donc trompée? N'êtes-vous pas homme d'honneur?

— Vous y pouvez compter.

— Nous verrons !

Ils reprirent leur marche en silence et rentrèrent au château sans avoir échangé une parole de plus.

... Un peu plus tard, madame de Vaudricourt y rentrait elle-même par la porte de son escalier particulier, qu'elle avait laissée ouverte en sortant.

Le petit séjour que Sabine venait de faire à Valmoutiers se terminait le lendemain. Le docteur Tallevaut, étant venu chercher sa nièce dans la soirée, trouva madame de Vaudricourt plus souffrante que de coutume. Elle avait eu, depuis la veille, plusieurs défaillances. Elle n'avait pu dîner. Le docteur l'interrogea, l'examina et l'ausculta avec un redoublement d'attention. Il confirma de nouveau le diagnostic du docteur Raymond en assurant que le mal n'avait point de gravité et qu'il s'agissait de simples désordres nerveux. Il ordonna de continuer le régime des toniques, de l'exercice modéré et de l'alimentation substantielle.

Toutefois, avant de partir avec Sabine, il entraîna M. de Vaudricourt dans une allée retirée du parc :

— Mon cher voisin, lui dit-il, il faut que vous m'excusiez : je vais aborder des questions fort délicates, mais je crois que c'est mon devoir de médecin et d'ami.

— Grand Dieu ! s'écria Bernard. Est-ce que ma femme?...

— Non ! il n'y a rien !... mais cet état d'anémie se prolonge au delà de mes prévisions... Madame de Vaudricourt a eu tout le temps de se remettre des émotions qui l'ont éprouvée pendant la maladie de Jeanne... Il semble donc qu'il y ait ici une autre cause... Je ne vois dans la vie de madame de Vaudricourt que des éléments de bonheur... Sans parler des agréments et des jouissances d'une grande fortune, elle a un mari excellent, une fille charmante, une famille et des amis qui l'adorent et avec tout cela elle a la maladie d'une femme malheureuse... d'une femme qui souffre moralement... qui a quelque grand chagrin... Voyons... soupçonnez-vous quelque chose... dont elle pourrait se tourmenter?

— Ah ! mon Dieu ! oui ! dit Bernard, avec l'accent d'une sincère tristesse, ce qui la tourmente, c'est ce qui a fait, depuis notre mariage, le trouble et l'amertume de nos deux existences... Vous connaissez aussi bien que moi la piété, la foi ardente de ma femme, vous avez assez compris que je ne la partage pas... Or le rêve de ma femme depuis le premier jour a été de me ramener à sa croyance... cette idée fixe l'obsède... Elle s'est figuré que c'étaient les distractions, les dépravations de Paris qui m'empêchaient de revenir à la religion... J'ai quitté Paris pour lui ôter ce souci, et Dieu sait ce qu'il m'en a coûté !... Elle s'aperçoit que je ne suis pas plus

DANS UN MOUVEMENT SOUDAIN, IL Y ATTACHA SES LÈVRES ARDEMMENT.

croyant à la campagne qu'à la ville... et, sans doute, le désespoir la prend... car je ne puis vraiment imaginer d'autre explication à la souffrance morale dont vous la croyez atteinte... Mais enfin, physiquement... aucun danger, n'est-ce pas?

— Je n'en vois aucun.

— Ah! docteur! savez-vous qu'il devient bien difficile, quelque bonne volonté qu'on y mette, d'être heureux en ménage?... Comment faire?... Généralement, aujourd'hui, un homme qui se marie n'a plus la foi... s'il épouse une jeune fille élevée à la moderne, c'est-à-dire à la diable, il risque fort d'épouser une petite courtisane...; s'il épouse une personne élevée dans les traditions anciennes, il n'a intellectuellement rien de commun avec elle.. le mariage n'est plus qu'un divorce moral! — L'institution serait-elle donc périmée et le mieux ne serait-il pas d'y renoncer?

— Le mieux, mon cher ami, dit le docteur Tallevaut, serait de donner aux femmes une éducation plus conforme au temps où nous vivons et plus en harmonie avec l'état de nos connaissances..., ce serait de substituer dans leur esprit un idéal nouveau à l'idéal chrétien... C'est ce que fera l'avenir... c'est ce qu'on fait même dès à présent... et, si vous me permettez de le dire, c'est ce que j'ai fait moi-même dans ma maison... Il est vrai que le hasard des circonstances m'a favorisé : il m'a remis entre les mains cette enfant que vous connaissez... Son père était mort ruiné... sa mère, peu de temps après, était frappée de paralysie... l'enfant n'avait plus que moi... elle était confiée à ma direction exclusive... elle était heureusement douée..., j'ai donc pu l'élever à mon gré, dans mes principes, et la former peu à peu pour être un jour la compagne de ma vie et de ma pensée... Je n'ai pas besoin d'ajouter que j'ai attendu avant de l'épouser qu'elle fût en âge d'agir en pleine liberté, et que, pour le cas où ses sentiments n'auraient pas été d'accord avec les miens, j'avais assuré son avenir.

— Cela est digne de vous, dit Bernard... Mais je vous ferai observer que mademoiselle Sabine est une intelligence d'élite... Les femmes comme elle ne pourront jamais être qu'une exception.

— Je crois le contraire... je crois que, dans un avenir assez prochain, le type intellectuel et moral de Sabine, certainement exceptionnel aujourd'hui, deviendra le type à peu près général de la jeune fille... Il faut admettre cette espérance si l'on ne veut pas admettre l'hypothèse invraisemblable du retour à une religion révélée; car, hors de ces deux conditions, le mariage, qui est une nécessité sociale, cesserait d'être viable.

M. Tallevaut et Bernard rejoignirent Sabine, qui, ayant fait ses adieux à Aliette, les attendait devant le perron. Le temps continuant d'être magnifique, elle avait préféré retourner à pied. On se mit donc en marche dans la direction de La Saulaye, et M. de Vaudricourt accompagna ses hôtes jusqu'à moitié route. Quand il les eut quittés, Sabine suivit quelque temps son chemin en silence à côté de son tuteur; puis tout à coup le timbre grave et harmonieux de sa voix résonna doucement dans la nuit.

— Mon oncle, dit-elle, je crains que madame de Vaudricourt ne soit sérieusement malade... ne le pensez-vous pas?

— Mais non, mon enfant, Dieu merci!... on ne meurt pas de rien.

— Elle a eu tantôt une syncope si complète et si prolongée que j'ai eu peur.

— Oui... rien d'effrayant comme une syncope... et, cependant, quand il n'y a pas d'affection organique, c'est un accident sans gravité. — Madame de Vaudricourt n'a rien au cœur... c'est de l'anémie, simplement.

— Mais, mon oncle, n'ai-je pas lu, — je ne sais où, — que certains cas d'anémie ont eu des terminaisons fatales?

— Sans doute... on a vu des anémiques épuisés périr brusquement dans une syncope... mais ce sont des cas infiniment rares, et avec une constitution à peine atteinte comme celle de madame de Vaudricourt, — presque impossibles...

— C'est qu'elle dit qu'elle est sujette à ces accidents depuis longtemps déjà...

— Oui... pauvre petite femme !... c'est un esprit tourmenté... elle se fait des chimères.

— Alors vous n'êtes pas inquiet?

— Pas du tout, — jusqu'à présent.

— Tant mieux, mon oncle.

Ils étaient alors arrivés devant la grille de La Saulaye, et leurs ombres se perdirent dans l'épaisse obscurité projetée par les grands saules.

A la fin de la même semaine, quelques amis de Paris, attirés par la beauté de la saison, venaient passer trois ou quatre jours à Valmoutiers. C'était la vieille amie de Bernard et d'Aliette, la duchesse de Castel-Moret, qui s'était mise à la tête de cette caravane. Les lettres d'Aliette et de son mari l'avaient naturellement tenue au courant de la maladie de la petite Jeanne et des incidents de sa miraculeuse guérison. A peine arrivée, elle manifesta la curiosité de connaître cette jeune voisine dont on lui avait dépeint l'étrange personnalité :

— Et votre belle juive, dit-elle à Bernard, est-ce que nous ne la verrons pas?

— Quelle juive, ma chère duchesse?

— Mais celle qui a soigné Jeanne?

— Mademoiselle Tallevaut?... Mais elle n'est pas juive !

— Vraiment?... Moi, je la croyais juive... probablement à cause de ces belles juives à turban, qui faisaient de la médecine au moyen âge... et qui pansaient les chevaliers blessés, comme Rébecca dans *Ivanhoe*... Enfin, juive ou non, elle m'intéresse... est-ce qu'on ne peut pas la voir?

Pour complaire à la duchesse, une voiture fut envoyée à La Saulaye avec un billet rédigé par Aliette, et adressé au docteur Tallevaut. Elle s'excusait de lui enlever encore une fois sa nièce pour la faire profiter d'une aimable visite qu'elle venait de recevoir.

Sabine arriva dans l'après-midi et obtint auprès des hôtes passagers de Valmoutiers le succès de beauté et de distinction originale qu'elle méritait.

— C'était, dit la duchesse, la Vénus sévère.

Cependant, madame de Vaudricourt, que ses empressements de maîtresse de maison avaient apparemment fatiguée, éprouva dans la matinée du lendemain, à l'heure de son lever, une crise de faiblesse, et dut se résigner, sur l'avis du docteur Raymond, à garder sa chambre. Elle n'y reçut dans la journée que son mari, mademoiselle Tallevaut et la duchesse, laquelle n'aimant pas à s'ennuyer, repartit le soir même pour Paris avec ceux qu'elle avait amenés.

Mademoiselle Tallevaut se disposait elle-même à retourner chez son oncle quand, au moment de son départ, Aliette fut prise d'une nouvelle syncope qui se prolongea pendant plusieurs minutes et qui effraya beaucoup son mari. Il pria instamment Sabine de rester au château et n'osant envoyer chercher M. Tallevaut, dont il craignait de fatiguer la complaisance, il appela le docteur Raymond. Celui-ci constata que cette dernière syncope si rebelle avait laissé le pouls un peu plus faible et moins régulier que de coutume. Il ne vit d'ailleurs aucun symptôme inquiétant dans l'état de la malade ; il prescrivit simplement de continuer, en augmentant un peu les doses, la médication tour à tour tonifiante et calmante à laquelle madame de Vaudricourt était soumise, et dont le vin de quinquina, l'éther, et la valériane formaient les principaux éléments.

Le lendemain, quoique madame de Vaudricourt eût encore pu se lever, les demi-défaillances se répétèrent dans la journée, avec des intermittences d'agitation et de profond malaise. — Vers le soir, elle tomba de nouveau dans un complet évanouissement dont on eut peine à la faire revenir. — Quand elle eut repris connaissance, elle demanda sa fille, qu'elle n'avait pas vue depuis la veille ; elle lui sourit en secouant doucement sa tête affaiblie, l'embrassa longuement, et dit à l'enfant tout étonnée de voir des larmes sur les joues de sa mère :

ELLE DEMANDA SA FILLE ET L'EMBRASSA LONGUEMENT.

— Va jouer, ma chère petite !

M. de Vaudricourt et Sabine, secondés activement par la vieille Victoire, toujours présente, se relayaient jour et nuit dans la chambre d'Aliette, la soignaient avec un égal dévouement, en affectant de lui laisser voir une entière sécurité d'esprit. — M. de Vaudricourt, cependant, commençait au fond du cœur à se troubler profondément, et s'étant ménagé quelques minutes de tête-à-tête avec Sabine :

— Mais enfin, mademoiselle, lui dit-il, êtes-vous sûre qu'on ne se trompe pas? Je ne puis avoir que la plus absolue confiance dans le diagnostic du docteur Tallevaut... et, cependant, je ne puis m'empêcher de voir de grands changements... une grande altération du visage... Est-ce que cela ne vous frappe pas?

— Mon Dieu ! monsieur, dit mademoiselle Tallevaut, je ne puis que me rappeler... et que vous répéter ce que mon oncle me disait il y a deux jours : elle n'a aucun organe atteint et on ne meurt pas de rien.

Elle le laissa dans la cour du château, où il marcha quelque temps à grands pas autour de la pelouse. — Tout à coup il vit paraître à l'entrée de la grille le curé de Valmoutiers, qui arrivait avec une hâte évidente ; en même temps il aperçut la vieille Victoire qui du haut du perron semblait surveiller son arrivée.

LA VIEILLE VICTOIRE SEMBLAIT SURVEILLER SON ARRIVÉE.

— C'est vous, malheureuse, s'écria-t-il violemment, qui avez fait venir le prêtre?

— Oui, monsieur, répondit-elle en le regardant avec fermeté.

— Est-ce que madame l'a demandé?

— Non, monsieur, mais quoi qu'on en dise, je trouve madame très mal...

— Mais c'est vous, misérable, qui allez la tuer en lui donnant une émotion pareille !

Avant que Victoire eût pu répondre, l'apparition soudaine de mademoiselle Tallevaut sur le seuil du vestibule mit fin brusquement à cette discussion.

— Monsieur, dit Sabine avec une gravité un peu émue, je crois devoir vous prier d'envoyer chercher mon oncle sans retard.

M. de Vaudricourt l'interrogea d'un coup d'œil rapide et poussa une douloureuse exclamation, en joignant les mains avec éclat ; un domestique prit aussitôt ses ordres et courut aux écuries.

Se tournant alors vers le curé de Valmoutiers :

— Monsieur le curé, dit Bernard, veuillez me suivre... mais permettez-moi, je vous prie, de prévenir ma femme.

Le prêtre s'inclina.

Bernard monta chez Aliette. — Elle était couchée sur sa chaise longue, et elle paraissait sommeiller : elle entr'ouvrit les yeux quand son mari entra.

— Ma chère enfant, dit-il en lui prenant une main qu'elle lui abandonna, je viens de gronder votre vieille Victoire... elle perd vraiment la tête... Malgré les assurances répétées des médecins, elle s'est effrayée de vous voir un peu plus souffrante aujourd'hui, et elle a fait appeler notre curé... est-ce que vous voulez le recevoir?

— Je vous en prie.

Elle soupira péniblement et attacha sur son mari ses grands yeux bleus remplis d'une détresse si poignante et si étrange, qu'il sentit la moelle de ses os se glacer.

Il ne put s'empêcher de lui dire avec une profonde émotion :

— Est-ce que vous ne m'aimez plus, Aliette?

— Toujours ! murmura la pauvre enfant.

Il se pencha sur elle et lui mit au front un long baiser. — Elle vit des larmes s'échapper des yeux de son mari et parut comme surprise.

Il retourna aussitôt à la porte, fit signe au prêtre qui l'attendait sur l'escalier, et se retira.

Pendant une demi-heure mortelle, M. de Vaudricourt se promena dans le grand salon de son château, s'arrêtant à toute minute devant les fenêtres qui donnaient sur la cour. Mademoiselle Tallevaut, silencieuse et très pâle, était assise près d'un guéridon et s'y tenait accoudée, dans sa pose familière, la tête dans sa main. — De temps à autre, Bernard laissait échapper dans son agitation des paroles entrecoupées et confuses :

— Mais ce n'est pas possible !... De quoi mourrait-elle?... C'est la foudre !... Non ! ce n'est pas possible !

— Attendons mon oncle, répondait simplement Sabine.

On vint avertir M. de Vaudricourt, comme il en avait donné l'ordre, que le curé avait quitté la chambre de sa femme. — Il y remonta aussitôt et Sabine l'y suivit. Mais Aliette qui paraissait très absorbée, ne parut pas les voir. Elle prit cependant de la main de son mari la potion qu'il lui présentait. Victoire dit à Bernard que le curé, sur la prière de la malade, devait revenir un peu plus tard dans la soirée avec les sacrements.

Vers sept heures, le docteur Tallevaut arriva ; dès qu'il se trouva en face d'Aliette, une expression de stupeur passa sur son visage, comme un nuage rapide. Puis reprenant subitement l'impassibilité professionnelle, il souleva le bras glacé de la jeune femme, toucha son pouls à peine sensible, contempla un moment ses traits décolorés, ses yeux à boudoir contigu à la chambre et lui serrant la main avec force :

— Monsieur, lui dit-il, je vous demande pardon !... C'est une chose af-

UNE EXPRESSION DE STUPEUR PASSA SUR SON VISAGE.

demi voilés, et lui murmura en s'inclinant sur elle quelques paroles d'encouragement très douces et très tendres, comme s'il eût parlé à un enfant.

Il emmena alors Bernard dans un freuse à vous dire... mais ma misérable science a été en défaut... et maintenant elle est impuissante... votre femme va mourir !...

Un cri retentit dans la chambre, puis

un bruit de sanglots ! — M. de Vaudricourt s'élança éperdu...

Aliette était morte !

. . . .

... Après la première heure de désordre et d'affolement, M. de Vaudricourt sortit de la torpeur et de l'espèce d'égarement où l'avait plongé une catastrophe si inattendue et si soudaine pour poser brusquement au docteur cette question :

— Mais, enfin, de quoi est-elle morte ?

— Elle est morte d'un arrêt du cœur...

Et M. Tallevaut lui expliqua brièvement que les affections anémiques avaient quelquefois ce dénouement fatal, mais dans des cas si rares, si exceptionnels qu'ils déjouaient toutes les prévisions de la science. — Il ajouta qu'il se reprocherait cependant éternellement de n'avoir pas tenu compte même de l'invraisemblable, même de l'impossible, quand il s'agissait d'une santé et d'une vie si précieuses.

Il était onze heures du soir quand le docteur Tallevaut et sa nièce prirent congé de leur hôte. Un coupé les attendait au bas du perron. Sabine y prit place à côté de son oncle : absorbés tous deux dans leurs pensées, ils arrivèrent à La Saulaye sans avoir échangé un seul mot. Le coupé roula sourdement autour de la sombre pièce d'eau et les déposa devant le seuil du cottage.

VII

Suivant son usage quotidien, M. Tallevaut conduisit sa pupille jusqu'à la porte de sa chambre, l'embrassa sur le front en lui serrant la main et entra chez lui.

Environ une heure et demie plus tard, quand il put croire Sabine endormie, le docteur Tallevaut, qui ne s'était point couché, sortit de sa chambre avec une extrême précaution, traversa le long couloir et descendit l'escalier. Le bougeoir qu'il tenait à la main éclairait la pâleur et la contraction de son visage. — Il entra dans la grande pièce du rez-de-chaussée qui lui servait de salon et de bibliothèque, et de là, soulevant une lourde portière en tapisserie, il passa dans son laboratoire. Il alla droit à une sorte de buffet en vieux chêne, formant encoignure dans un des angles du mur, et où étaient enfermées les substances dangereuses qu'il employait dans sa médication ou dans ses expériences. Ce buffet se fermait par une de ces serrures qui n'ont pas de clef et dont il faut connaître l'appareil secret. Après qu'il eut fait jouer la plaque tournante de la serrure, le docteur Tallevaut parut hésiter quelques secondes avant d'ouvrir le panneau du meuble ; — puis, d'un geste violent, il ouvrit le panneau. Aussitôt son front pâle se couvrit d'une teinte livide ; dans une série de flacons qui étaient rangés sur la plus haute tablette du buffet, son premier coup d'œil avait reconnu une place vide. En même temps, de ses lèvres agitées par une légère convulsion, un mot s'échappait faible comme un souffle :

— Aconit !

Tout à coup, il lui sembla entendre quelque bruit dans l'intérieur de la maison. — Il éteignit son flambeau et prêta l'oreile. — Quelques minutes après, il distingua nettement le glissement d'un pas furtif et un froissement de soie dans la pièce voisine. Il se rapprocha vivement de la porte et attendit. La nuit, très pure, était éclairée par un croissant de lune qui jetait dans le laboratoire, à travers les fenêtres du jardin, quelques rayons blanchâtres. — La portière se souleva et Sabine parut : dans cette même seconde, le bras du docteur s'abattit sur le bras de sa pupille.

La jeune fille poussa un cri étouffé et, laissant échapper dans sa première surprise un flacon qui sonna sur les dalles, elle se rejeta en courant dans la pièce voisine. — Près de la grande table qui en occupait le milieu, elle s'arrêta brusquement, s'y appuya d'une main et fit face à son tuteur qui marchait vers elle.

SON PREMIER COUP D'ŒIL AVAIT RECONNU UNE PLACE VIDE.

Dans la bibliothèque comme dans le laboratoire les fenêtres, ouvrant sur le jardin, n'avaient point de volets, et la clarté polaire du ciel y répandait, par places, un vague demi-jour. — M. Tallevaut put voir dans les yeux et sur le visage de Sabine un air de bravade farouche.

— Mais, malheureuse ! lui dit-il d'une voix sourde, défends-toi donc !... Dis-moi que tu t'es trompée... l'aconitine est aussi un médicament... tu m'as vu moi-même l'employer quelquefois... Tu as pu être imprudente... étourdie... et tu as eu peur de mes reproches... Voilà pourquoi tu te cachais ! Voyons... Parle !...

PRÈS DE LA GRANDE TABLE, ELLE S'ARRÊTA BRUSQUEMENT...

— A quoi bon ? répondit-elle, avec un geste dédaigneux de la main, vous ne me croiriez pas... vous ne vous croyez pas vous-même !

Le malheureux homme s'affaissa sur son fauteuil de travail, en se parlant haut à lui-même dans son trouble profond :

— Non !... murmura-t-il, — c'est vrai... c'est impossible... elle est incapable d'une erreur si grossière !... Hélas ! elle n'a que trop bien su ce qu'elle faisait !... Avec quelle habileté infernale elle a choisi ce poison... dont les effets devaient imiter les symptômes de la maladie elle-même... se confondre avec eux... et les aggraver tout doucement jusqu'à la mort !... Oui... C'est un crime... un crime odieusement prémédité contre cette aimable et douce créature !

Et après un silence :

— Oh ! quelle misérable dupe j'ai été !...

Puis dressant la tête vers Sabine :

— Dis-moi, au moins, que son mari est ton complice... que c'est lui qui t'a poussée à cette infâme action !

Non, dit Sabine, il l'ignore... Je l'aime et je sais que j'en suis aimée... Rien de plus.

Le docteur Tallevaut, après quelques minutes de muet accablement, reprit avec fermeté, quoique d'une voix sensiblement altérée :

— Sabine, si vous avez compté sur quelque faiblesse criminelle de ma part, vous m'avez méconnu ; mon devoir, dès ce moment, est de vous livrer à la justice et, si horrible que soit ce devoir, je vais le remplir.

— Vous y réfléchirez auparavant, mon oncle, dit froidement la jeune fille qui se tenait debout en face de son tuteur de l'autre côté de la table : — car si vous me livrez à la justice, si vous donnez au monde la joie d'un pareil procès, vous devez prévoir ce que dira le monde : il dira que je suis votre élève, et il ne dira que la vérité !

— Mon élève, misérable ? Vous ai-je donc jamais enseigné d'autres principes que ceux que je pratiquais moi-même ? Vous ai-je jamais donné, par ma parole ou par mon exemple, d'autres leçons que des leçons de droiture, de justice, d'humanité, d'honneur ?

— Vous me surprenez, mon oncle. Comment un esprit tel que le vôtre ne s'est-il jamais douté que je pouvais tirer de vos doctrines et de nos communes études des conséquences, des enseignements différents de ceux que vous en tiriez vous-même ?... L'arbre de la science, mon oncle, ne produit pas les mêmes fruits sur tous les terrains... Vous me parlez de droiture, de justice, d'humanité, d'honneur?... Vous vous étonnez que les mêmes théories qui vous ont inspiré ces vertus ne me les aient pas inspirées à moi-même ?... La raison en est pourtant bien simple... vous savez comme moi que ces prétendues vertus sont en réalité facultatives... puisqu'elles ne sont que des instincts... de véritables préjugés que la nature nous impose... parce qu'elle en a besoin pour la conservation et le progrès de son œuvre... Il vous plaît de vous soumettre à ces instincts... et à moi il ne me plaît pas... voilà tout !

— Mais ne t'ai-je pas dit et répété mille fois, malheureuse, que le devoir, l'honneur, le bonheur même étaient dans la soumission à ces lois naturelles, à ces lois divines !

— Vous me l'avez dit, vous le croyez... Moi, je crois le contraire. Je crois que le devoir, que l'honneur d'une créature humaine est de se révolter contre ces servitudes, de secouer ces entraves dont la nature... ou Dieu, comme vous voudrez, nous charge et nous opprime, pour nous faire travailler, malgré nous, à un but inconnu... à une œuvre qui ne nous regarde pas... Ah ! certes, oui, vous m'avez dit et répété que c'était pour vous non seulement un devoir, mais une joie de contribuer humblement, par vos travaux et vos vertus, à je ne sais quelle œuvre divine, à je ne sais quel but supérieur et mystérieux vers lequel l'univers est en marche... Mais vraiment, ce sont là des plaisirs qui me laissent parfaitement insensible ; je me soucie peu, je vous jure, de me priver, de me contraindre, de souffrir toute ma vie pour préparer à je ne sais quelle humanité future un état de bonheur et de perfection dont je ne jouirai pas, des fêtes dont je ne serai pas et des paradis où je n'entrerai pas !...

Sous l'empire des émotions qui l'agitaient en ce moment terrible, sa parole, d'abord calme et glaciale, s'était animée peu à peu et prenait, par degrés, un caractère de violente exaltation. Elle avait quitté sa première attitude et elle s'était mise à marcher à pas lents d'un bout à l'autre de la bibliothèque, s'arrêtant par intervalles pour accentuer son langage d'un geste énergique. — M. Tallevaut, toujours immobile dans son fauteuil, ne lui répondait plus que par de vagues exclamations d'indignation et paraissait suivre de l'œil avec stupeur, cette ombre spectrale qui parfois se perdait dans les ténèbres, tantôt s'éclairait des lueurs pâles du dehors.

— Faut-il tout vous dire? poursuivit-elle. Je m'ennuyais mortellement ; je m'ennuyais dans le présent, dans le passé, dans l'avenir... L'idée de passer ici ma vie, penchée sur vos livres ou sur vos fourneaux... avec la perspective de la perfection finale de l'univers pour toute distraction et pour tout réconfort.. cette idée m'était insupportable ! Une telle vie peut suffire à un être qui est tout cerveau comme vous ; mais à ceux qui ont des nerfs sous la peau, du sang dans les veines et des passions dans le cœur... jamais ! Je suis une femme, et j'ai toutes les aspirations, toutes les passions d'une femme ; elles sont même chez moi plus puissantes que chez d'autres, parce que je n'ai ni les superstitions ni les préjugés qui, chez d'autres, peuvent les amortir... Je rêvais de grandes amours, je rêvais une existence de luxe, de plaisirs, d'élégance au milieu des fêtes mondaines. Je sentais que j'avais reçu du hasard tous les dons qui pouvaient me faire jouir de tout cela avec plénitude... et il fallait y renoncer à jamais !... A quoi m'eût servi alors cette indépendance d'esprit que j'avais conquise? a quoi me servait toute ma science si je n'en tirais aucun profit pour mes ambitions, aucune arme pour mes passions?... Une occasion s'est présentée... J'ai aimé cet homme et j'ai compris qu'il m'aimait ; j'ai compris que, s'il était libre, il m'épouserait... et alors... j'ai fait ce que j'ai fait !... Un crime ! mais c'est un mot !... Qu'est-ce qui est bien et qu'est-ce qui est mal?... qu'est-ce qui est vrai, ou qu'est-ce qui est faux?... En réalité, vous le savez bien, le code de la morale humaine n'est plus aujourd'hui qu'une page blanche où chacun écrit ce qu'il veut, suivant son intelligence et son tempérament. Il n'y a plus que des catéchismes individuels... Le mien est celui-là même que la nature me prêche par son exemple : elle élimine avec un égoïsme impassible tout ce qui la gêne : elle supprime tout ce qui fait obstacle à son but ; elle écrase le faible pour faire place au fort... et ce n'est pas d'aujourd'hui, soyez sûr, que cette doctrine est celle des esprits vraiment libres et supérieurs. On a dit de tout temps : Les bons s'en vont ! Non ! ce sont les faibles qui s'en vont... et ils ne font que leur devoir, et quand on les y aide un peu, on ne fait, après tout, que ce que fait Dieu !... Relisez votre Darwin, mon oncle !...

Mais celui à qui elle parlait avait cessé de l'entendre. En se retournant vers lui pour lui adresser sa sauvage apostrophe, elle vit que son corps s'était incliné lourdement en avant et que sa tête gisait inerte sur la table. — Il n'avait pu soutenir l'effroyable choc qui l'avait frappé en même temps au cerveau et au cœur. Sous ce coup terrible, ses sentiments, ses idées sa foi, son courage, — toute sa vie intellectuelle et morale s'écroulait. Sa jeune pupille n'était pas seulement pour lui une compagne, une fiancée bien-aimée : elle était, dans son étrange beauté, comme l'image même de sa religion philosophique ; c'était en elle que cette religion resplendissait, lui souriait, l'enchantait. En voyant tout à coup apparaître le monstre sous ce masque charmant et adoré, sa pensée s'éteignit, puis sa vie. Une congestion l'avait foudroyé.

Que se passa-t-il en ce moment dans l'esprit et dans l'âme de cette jeune créature qu'une philosophie trouble avait jetée hors de l'humanité? On ne sait. Mais, après un premier saisissement silencieux, quand elle tint sous sa main le cœur à jamais glacé de celui qui, depuis tant d'années, l'avait comblée de bienfaits et de tendresse, elle s'affaissa sur ses genoux et sanglota convulsivement.

Puis elle se releva d'un mouvement soudain et parut réfléchir quelques minutes en s'essuyant les yeux. Se dirigeant alors vers le laboratoire, elle ramassa le flacon qui était resté sur les dalles, et le remit à sa place dans le buffet de chêne. — Elle remonta ensuite l'escalier avec précaution et se retira chez elle.

Aux premières lueurs du matin, un bruit de pas désordonnés, de cris et d'appels confus dans la maison l'avertit que la lugubre découverte était faite : sa femme de chambre affolée vint la chercher en toute hâte. Elle courut et versa encore quelques larmes, peut-être sincères, devant le corps inanimé de son tuteur.

Au docteur Raymond, qui ne put que constater la mort par congestion, Sabine dit simplement qu'elle avait laissé la veille au soir son oncle dans la bibliothèque sous l'impression très profonde et très douloureuse que lui avait causée la mort de madame de Vaudricourt, pour laquelle il avait une vive affection. Elle l'avait entendu, ajoutait-elle, se reprocher avec une sorte de colère d'avoir été, par son imprévoyance, en partie cause de ce malheureux événement. Elle s'était étonnée et même inquiétée de le voir affecté par cette pensée à un degré extraordinaire. Le docteur Raymond admit que M. Tallevaut, fatigué et usé par des excès de travail, avait pu succomber subitement à l'émotion d'un violent chagrin. Cette version se répandit et s'accrédita dans le pays, et il s'établit ainsi entre ces deux catastrophes également soudaines une espèce de lien qui les expliquait l'une par l'autre.

L'idée que la mort de madame de Vaudricourt pût être le résultat d'un crime n'était venue et ne pouvait véritablement venir à personne ; on avait vu depuis plusieurs mois la santé de cette jeune femme affaiblie et languissante : l'affection bien connue dont elle souffrait avait paru suivre son cours normal, et les derniers accidents qui avaient brusquement emporté la malade ne différaient pas sensiblement de ceux auxquels elle était sujette depuis longtemps. Une perversité savante avait su choisir et doser la substance toxique de façon à en dissimuler les effets sous les symptômes réguliers de la maladie, tout en les accentuant jusqu'à les rendre mortels. Quant aux indices qui auraient pu trahir le poison, la science et la sagacité supérieures du docteur Tallevaut avaient seules pu les soupçonner ; on sait du reste que l'aconit, entre tous les poisons végétaux généralement si rebelles à l'analyse scientifique, est celui qui laisse le moins de traces soit extérieures soit intérieures dans l'organisme.

Pendant que mademoiselle Tallevaut, héritière de son oncle, continuait d'habiter La Saulaye avec sa mère infirme, le comte de Vaudricourt, après avoir rendu à sa femme les devoirs suprêmes, partait avec la petite Jeanne pour Varaville. Il y resta plusieurs semaines, mêlant son deuil à celui de la mère et des parents d'Aliette. Ce deuil était sincère. Si M. de Vaudricourt avait souffert de son mariage mal assorti, s'il avait maudit plus d'une fois le jour où il s'était uni à une femme dont tous les sentiments et tous les goûts étaient contraires aux siens, s'il avait enfin conçu à côté d'elle une passion violente pour une autre femme, il n'en éprouvait pas moins, surtout dans ces premiers temps, à la pensée de celle qui n'était plus, une douleur profonde et confuse, où dominait une pitié poignante.

Vers l'automne, Bernard se rendit en Angleterre chez les parents des Courteheuse, et il y demeura une partie de l'hiver, chassant et voyageant. Revenu en France, et après un nouveau séjour à Varaville près de sa fille, il retourna à Valmoutiers pour la première fois depuis son veuvage. Il en était parti sans avoir revu Sabine ; mais aussitôt arrivé à Varaville, il lui avait écrit pour lui exprimer à l'occasion de la mort de M. Tallevaut sa douloureuse sympathie et ses regrets personnels. Elle lui avait répondu sur le même ton de politesse brève et réservée. Plus tard, étant en Angleterre, il lui avait écrit de nouveau à deux ou trois reprises avec plus d'abandon, en revenant peu à peu au ton amical et enjoué qui marquait autrefois leurs relations, mais sans jamais faire allusion à la scène d'intimité tendre qui avait précédé de si peu de jours la mort d'Aliette.

Quand il la revit, elle était encore en grand deuil, et sa toilette sévère relevait encore le caractère de sa beauté, de cette beauté sombre et passionnée qui l'avait suivi au delà du détroit, et qui avait effacé peu à peu dans son souvenir l'image de la pauvre morte.

Toutefois il hésita quelque temps avant de prendre la résolution qui semblait lui être fatalement imposée. Quelque chose en lui se débattait sourdement contre l'idée de son union avec mademoiselle Tallevaut, et pourtant il finit par se persuader qu'après ce qui s'était passé entre eux, après la véritable déclaration qu'il lui avait adressée, la délicatesse même et l'honneur lui commandaient de l'épouser, dès qu'il était libre et qu'elle l'était aussi. Il était d'ailleurs trop jeune pour ne pas se remarier, et après la douloureuse expérience de son premier mariage, comment ne pas choisir entre toutes cette jeune fille d'une éducation exceptionnelle, chez laquelle il ne trouverait ni les vices d'une précoce dépravation mondaine ni l'étroitesse du préjugé religieux, mais simplement, avec une haute culture d'esprit, les sentiments et les principes d'un honnête homme?

Par-dessus tout, il savait qu'il ne pouvait la posséder qu'en l'épousant ; et la possession de cette créature superbe, vaillante et farouche, était devenue la pensée brûlante de ses jours et de ses nuits.

Il voulut laisser passer l'anniversaire de la mort d'Aliette, et ce fut seulement au mois de juin qu'il retourna à Varaville pour faire part à madame de Courteheuse de sa détermination. Il lui présenta que n'ayant pas de fils, il croyait devoir à son nom et à la mémoire de son oncle de se remarier : il épousait mademoiselle Tallevaut, qui était une personne d'élite et qui, en outre, se recommandait à lui par le dévouement qu'elle avait autrefois montré à sa fille et à sa femme. Pour adoucir à la mère d'Aliette le coup qu'il lui portait, il lui déclara qu'il comptait lui laisser la petite Jeanne, tout en lui demandant la permission de venir la voir souvent à Varaville. Ce ne fut pas sans une véritable amertume de cœur qu'il se décida à se séparer ainsi de sa fille, qu'il aimait tendrement. Mais c'était un secret hommage qu'il rendait encore, malgré lui, à celle qui n'était plus là pour veiller sur son enfant.

Trois mois après, Sabine Tallevaut était la femme de Bernard, et dans l'hiver de la même année, après un voyage dans différentes contrées de l'Europe, le comte et la comtesse de Vaudricourt s'installaient à Paris dans un somptueux appartement de l'avenue des Champs-Élysées.

. . . .

Ce fut environ deux ans après son mariage avec Sabine que M. de Vaudricourt crut devoir reprendre la plume, et ajouta à son journal secret, depuis si longtemps interrompu, les pages suivantes.

SUITE DU JOURNAL DE BERNARD

Paris, février 188..

Ma vie aura été incontestablement une des plus extraordinaires de ce temps !... Si j'en étais le simple spectateur, elle m'intéresserait déjà vivement : en étant le principal acteur, elle m'intéresse encore davantage. Aujourd'hui, comme il y a dix ans, ma destinée traverse une crise : cette crise est piquante, et je cède au désir de me formuler à moi-même les impressions qu'elle me suggère : peut-être, mûri par l'âge, pourrai-je en outre enrichir ces pages de quelques réflexions philosophiques d'une certaine valeur.

Deux mots seulement du triste passé, dont je ne parlerai jamais qu'avec respect. Je n'ai pas été heureux avec ma première femme, et elle n'a pas été heureuse avec moi : j'ai même le regret profond de pouvoir supposer que sa jeune existence a été brisée par le chagrin. Cependant que pourrais-je me reprocher? Elle avait la foi, et je ne l'avais pas. Rien de plus. Mon tort véritable avait été de ne pas prévoir ce qui devait fatalement arriver de l'union de deux êtres qui jugeaient la vie à un point de vue opposé, l'un la regardant comme un don de Dieu, l'autre comme un don du hasard ; l'un comme une épreuve et une préface, l'autre comme une jouissance viagère et une aventure sans lendemain. Il est évident que l'usage que l'on fait de la vie, suivant l'un ou l'autre de ces points de vue, doit être fort différent.

N'en parlons plus.

Si ma première femme m'affligeait, la seconde m'amuse prodigieusement. Je me permettrai de dire, — pour me servir en passant d'une locution populaire, — que ce n'est pas la religion qui l'étouffe. Ce serait plutôt la science. Elle sait infiniment de choses : mais j'ai peur qu'elle ne les ait insuffisamment digérées. Je suis assez de mon temps, et j'ai assez lu ou du moins parcouru mes auteurs pour la suivre dans ses théories philosophiques. Mais il me semble qu'elle en abuse et qu'elle en pousse la logique un peu loin. Elle a toujours un argument scientifique à l'appui de ses actions, de ses goûts et de ses dégoûts. — Je rirai, je crois, jusque dans ma tombe de la réponse qu'elle me fit très peu de temps après notre mariage, quand je lui exprimais mon désir d'avoir un fils : — car quelques-unes de ses façons m'avaient, je l'avoue, un peu étonné.

— Mon ami, me dit-elle, ne comptez pas sur moi pour cela. La maternité est une de ces servitudes que la nature nous impose pour sa satisfaction particulière, et dans l'intérêt de son œuvre. Or, vous savez que je suis à l'égard des lois naturelles une révoltée. Mes principes, — qui du reste ressemblent beaucoup aux vôtres, je pense, — consistent à ne prendre autant que possible que les joies de la vie et à en repousser les souffrances. La nature a généralement attaché un appât quelconque à chacune de ses lois oppressives afin de nous les faire accepter. C'est ainsi qu'elle a inventé la volupté comme un appât à la maternité. Le fait d'un esprit émancipé est de saisir l'appât et de laisser le reste. Vous me direz que si chacun pensait comme moi, le monde finirait. Je vous répondrai que cela m'est tout à fait égal. La nature n'a, vous le savez, qu'un souci, c'est de conserver l'espèce : elle a du reste le mépris de l'individu... Eh bien ! j'ai comme elle le mépris de l'individu, mais de plus qu'elle, j'ai le mépris de l'espèce !

Elle ajouta, il est vrai, avec sa grâce féminine et son admirable sourire à fossettes :

— Et puis, mon ami, maternité est ruine de beauté, et puisque vous me trouvez belle, je veux le rester !

Et elle est restée, en effet, fort belle ; mais j'ai tout lieu de craindre que ce ne soit plus uniquement en mon honneur et gloire. Déterminé plus que jamais à voir toutes les choses de ce monde sous un jour plaisant, j'aborderai avec enjouement cette matière, si délicate qu'elle puisse être.

A la suite de notre voyage de noces, pendant lequel je dois confesser que l'intelligence rare et très ouverte de Sabine m'avait donné de vives satisfactions, nous vînmes nous installer à Paris, où j'étais personnellement très heureux de faire ma rentrée. Mais je craignais que ma femme ne m'y suivît par pure complaisance, et qu'elle ne s'habituât difficilement à ce train de la vie parisienne auquel son existence sérieuse et retirée semblait l'avoir mal préparée. A cet égard, j'éprouvai une surprise qui me fut d'abord pleinement agréable. Sabine était entrée dans le milieu parisien comme dans son élément naturel. Je trouvai même bientôt qu'elle y apportait une fougue un peu excessive, que je ne pus m'empêcher de comparer men-

heureux habitants de Paris. Elle goûtait maintenant pour son compte ces plaisirs et ces distractions, et s'en gorgeait comme si elle eût voulu les épuiser. Dîners, bals, théâtres, courses, comédies de salon, fêtes mondaines de toute sorte, — toutes les circonstances enfin de la vie parisienne qui peuvent intéresser

— MON AMI, NE COMPTEZ PAS SUR MOI POUR CELA.

talement à l'ardeur d'une nonne échappée de son couvent, et qui dévore à belles dents un fruit longtemps rêvé et longtemps défendu. Je me rappelai alors, — peut-être un peu tard, avec quelle singulière curiosité mademoiselle Tallevaut m'interrogeait jadis, au milieu de nos promenades dans les bois, sur les plaisirs et les distractions des

l'esprit, les sens ou la vanité, elle les recherchait avec la même passion infatigable, et elle y suffisait et elle s'y suffit encore. Ce n'est pas l'affolement stupide de la Parisienne vulgaire : c'est une résolution systématique de connaître et de savourer, dans son passage sur cette planète, toutes les sensations agréables ou curieuses qu'on y peut rencontrer, résolution soutenue par des nerfs d'acier et une volonté de fer. Ma femme est un sphinx. Elle est aussi un document, et ce document, je l'étudiai dès le premier jour avec un intérêt qui, — osons en convenir, — n'était pas toujours exempt d'inquiétude. Car je n'étais pas sans avoir remarqué que cette étonnante personne, au lieu de puiser dans l'étude et dans la science, comme son excellent et malheureux tuteur, une sorte de foi supérieure et de haut mysticisme, n'y avait puisé que d'amères négations avec un profond sentiment de dédain et de révolte contre toute espèce d'entrave naturelle ou surnaturelle, contre toute espèce de loi divine ou humaine. Je me demandais ce que deviendrait, dans sa logique effrénée, cette passion féminine lâchée en liberté à travers le monde. Je me demandais où s'arrêterait cette curiosité insatiable... Je me demandais surtout si, en fait d'amour, elle s'arrêterait à moi?

Ce fut ma femme elle-même, qui, allant au-devant de mes vœux, voulut bien répondre à cette question.

La chose arriva à propos d'un incident insignifiant. On donnait une première représentation avec Sarah Bernhardt, et ma femme, qui ne manque aucune des solennités de ce genre, m'avait chargé, suivant son usage, de lui avoir une loge à tout prix. Je ne pus avoir la loge. J'avoue que je n'y avais pas mis de zèle : ma femme mène un tel train de jour et de nuit que je commençais à éprouver, tout vieux mondain et noctambule que je suis, une vague lassitude. Mon médecin me conseillait même d'enrayer un peu. Je n'étais donc pas fâché de passer une soirée chez moi, et surtout de la passer avec ma femme, dont la terrible beauté, malgré ses mélanges, — peut-être, hélas ! à cause de ses mélanges ! — n'avait pas cessé de parler fortement à mon imagination.

Après le dîner, où elle s'était montrée mécontente et silencieuse, je la suivis dans le boudoir, où pétillait un joli feu d'amoureux, et, tout en lui offrant gracieusement une cigarette :

— Vous n'allez nulle part ce soir, ma chère amie?

— Où voulez-vous que j'aille? Tout Paris est à cette représentation, excepté nous !...

— Eh bien ! lui dis-je, je n'envie pas tout Paris et tout Paris doit m'envier puisque je suis près de vous.

Elle s'était jetée sur sa chaise longue ; elle se redressa à demi, et, me mesurant de son regard le plus froid et le plus haut :

— Pardon ! mon ami, me dit-elle, est-ce que vous m'aimez encore?

Et comme j'ouvrais de grands yeux pour toute réponse :

— Vraiment? reprit-elle. Vous m'étonnez beaucoup... Moi, je ne vous aime plus du tout.

Et se recouchant tranquillement sur sa chaise longue, elle ajouta :

— Je vous dis cela, mon ami, parce que je m'aperçois depuis quelque temps que vous devenez jaloux, et je veux vous épargner ce ridicule... De plus, je remarque que vous vous fatiguez à m'accompagner partout comme mon ombre... il me semble même que votre santé en souffre. Maintenant, après cette franche déclaration, vous allez pouvoir vous reposer un peu.

— Je vous remercie de votre bonté ! lui dis-je. Mais ayez l'obligeance de vous expliquer plus nettement encore... Voulez-vous dire que je doive renoncer, dès ce moment, à l'honneur de vos bonnes grâces?

— Je vous en prie !

— Et que vous ayez l'intention de manquer à la fidélité que vous me devez?

ELLE SE REDRESSA A DEMI, ME MESURANT DE SON REGARD LE PLUS FROID ET LE PLUS HAUTAIN.

— La fidélité que je vous dois?... En vertu de quoi, mon ami? Est-ce en vertu du serment que nous avons prêté l'un et l'autre devant l'autel d'un Dieu auquel nous ne croyons ni l'un ni l'autre?... Allons donc ! Vous n'êtes pas un enfant, et vous savez très bien que nous n'avons fait que remplir, ce jour-là, une formalité de convention et de convenance !... La société, jusqu'à nouvel ordre, n'admet aux bénéfices du mariage que ceux qui ont passé par cette formalité... C'est à cette condition seulement qu'elle leur fait accueil, qu'elle leur accorde une place dans ses salons et un rang dans le monde... Il fallait donc nous y soumettre... mais, du reste, voyons, mon ami, qu'est-ce que le mariage entre gens comme vous et moi? Vous savez bien que c'est une simple association en vue d'avantages communs et généraux... qui débute sans doute quelquefois par un certain attrait réciproque, mais qui ne saurait être fondée sur l'absurdité contre nature de l'amour éternel du même homme pour la même femme et de la même femme pour un même homme !

— Ma chère Sabine, lui dis-je, il n'y a vraiment pas moyen de s'ennuyer avec vous. Quand on avance en âge comme moi, on s'endort quelquefois le soir au coin du feu... C'est un inconvénient auquel j'échapperai certainement tant que vous m'honorerez de vos réjouissantes communications.

— Je vous sais gré, mon cher Bernard, me répondit-elle, de prendre gaiement celle que je viens de vous faire... Un sot se serait fâché... J'avoue, au surplus, que j'ai été un peu dure dans la forme... mais j'étais furieuse d'avoir manqué ce spectacle... Pourquoi m'avez-vous gâtée !

— Ainsi, ma chère, je dois considérer comme une plaisanterie tout ce que vous m'avez fait l'honneur de me dire et de me prédire ce soir?

— Mais, non, mon ami, pas du tout... Je n'ai rien à retirer... que la mauvaise humeur qui était de trop... Autrement, vous sentez bien que je vous ai dit la vérité et que le mariage doit être pour nous ce qu'il était pour les libres esprits du siècle dernier, un pavillon respectable sous lequel chacun garde son indépendance !... Nous sommes amis, et j'espère bien que nous le resterons... mais amants?... toujours?... Est-ce naturel?... Est-ce possible?... Vous savez bien que non... Eh bien ! quoi, alors?... Nous tromper réciproquement avec des cachotteries misérables?... Non, il n'y a vraiment qu'une conduite qui soit raisonnable et digne de nous deux, c'est de continuer à jouir des privilèges que le mariage nous assure dans le monde, et de profiter en même temps des agréments d'une mutuelle liberté... Voyez-vous, mon ami, la vraie théorie de la vie, c'est d'en user avec la société comme avec la nature, c'est-à-dire de prendre les avantages qu'elle nous offre, tout en répudiant les servitudes qu'elle prétend nous imposer.

— Ma chère enfant, lui répondis-je, vous présumez un peu trop de mon estomac quand vous le croyez capable de digérer toutes les vingt-quatre heures vos théories sur la nature et ses servitudes... Je suis un homme trop simple pour essayer de combattre des doctrines qui s'appuient sur de si fortes études... C'est pourquoi je vous demande la permission de vous baiser les mains et de vous souhaiter le bonsoir.

Sur quoi, je me retirai. — Je crois pouvoir dire que ma retraite, dans une situation embarrassante, ne manquait ni d'à-propos ni de dignité. Mais je n'en suis pas plus fier.

Tel a été le ton de nos relations dans le cours de cette charmante soirée, et tel il est demeuré depuis. Il y a de part et d'autre une hostilité sourde, et comme qui dirait une haine naissante qui se dérobe plus ou moins sous les formes d'une aimable ironie. L'existence commune n'en reste pas moins possible, jusqu'ici, grâce à la diversion mondaine qui en abrège beaucoup les instants. Quoi qu'il en soit, il y a dès ce moment une vérité qui s'impose, c'est que mon second mariage menace d'être aussi malheureux que le premier, peut-être davantage... Mais cette fois j'ai l'heureuse consolation d'avoir en face de moi un adversaire qui a de la défense : je n'ai pas affaire, comme autrefois, à une créature si sensible et si délicate qu'on se sentait cruel rien qu'en la froissant. Puisqu'il est dit que le mariage est fatalement un combat, encore doit-on se croire favorisé quand on le livre à armes égales. Cela soutient, cela excite... Ce n'est pas du bonheur, je le veux bien, mais c'est de la vie !

30 mars.

Je me suis bien amusé hier soir... Mais procédons par ordre.

A la suite des déclarations de ma femme, j'ai dû m'attendre que j'aurais un jour ou l'autre à soutenir la lutte, non pour la vie, mais pour l'honneur. J'ai bien essayé de me convaincre, comme ma femme m'y avait engagé, que nos charmants ancêtres du siècle dernier étaient dans le vrai quand ils se passaient mutuellement et même quand ils se confiaient leurs fredaines conjugales. Bien que soulagé de beaucoup de préjugés, je ne puis me hausser à ce degré de philosophie. J'avoue qu'en bonne logique ma femme a raison dans ses théories sur le mariage. Elle a raison de dire que l'amour unique et perpétuel du même homme pour la même femme, et réciproquement, est une absurdité contre nature. Il est certain que les croyances spiritualistes ont seules qualité pour éterniser la fidélité conjugale, par la raison qu'elles ne consacrent pas seulement dans le mariage l'attrait passager de deux corps et de deux esprits, mais qu'elles prétendent unir deux âmes immortelles. Il est encore certain qu'entre deux francs matérialistes comme ma femme et moi, le mariage, perdant sa base religieuse, n'est plus qu'une convention sociale, et qu'il paraît raisonnable de s'entendre amicalement entre époux pour jouir de ses avantages et pour en répudier les sujétions. Oui, tout cela est parfaitement scientifique. Mais il faut croire que les procédés de la science ne sont pas applicables à toutes les choses de ce monde, et en particulier aux choses de l'ordre moral... Quant à moi, je conviens que j'en étais arrivé, il y a une quinzaine de jours, à force de logique, à me persuader que les théories de ma femme étaient légitimes, et que je ferais preuve, comme elle, d'une conception supérieure de la vie en acceptant le pacte d'indépendance réciproque qu'elle m'avait proposé. Mais, comme j'ouvrais la bouche pour lui communiquer ma résolution, les paroles me restèrent dans la gorge, parce que, malgré toute la logique du monde, je sentis que j'allais commettre une lâche infamie. Il y a décidément quelques préjugés dont je ne me déferai jamais, et je demeurerai toujours à quelques égards un esprit faible.

Il y avait donc hier soir chez la vieille duchesse une représentation théâtrale qui se composait de tableaux vivants où ma femme devait jouer plusieurs rôles. Sa beauté sculpturale se prête merveilleusement à ces sortes d'exhibitions. Je ne l'accompagne plus dans le monde aussi assidûment qu'autrefois ; mais, je l'y suis encore cependant assez souvent pour ménager les bienséances, et aussi pour me tenir au courant. Depuis l'avertissement qu'elle avait eu l'obligeance de me donner, je ne pouvais guère douter qu'elle n'eût un amour en tête, et je me préoccupais avec un intérêt facile à comprendre d'en connaître l'objet. Cela ne me fut pas difficile. Ma femme, qui m'a vu fort amoureux d'elle et qui, en conséquence, me méprise passablement, n'a pas cru qu'elle eût à se gêner beaucoup avec moi... Il y a dans une des grandes ambassades en résidence à Paris, un jeune prince d'une remarquable beauté dont les attentions auprès de madame de Vaudricourt ne sont, depuis quelque temps, un mystère pour personne. Les rencontres au bois, au théâtre, au bal et même à ma propre

LE PRINCE.

table, étaient trop fréquentes pour échapper même à l'œil d'un mari. Toutefois, autant que je puis avoir de compétence en ces matières, les choses se maintenaient dans les limites de la coquetterie. Je dois dire que je n'aime pas le prince. Tout sentiment de jalousie à part, il me déplaît ; c'est un grand homme brun avec de gros yeux de scarabée, et de longues moustaches retombantes, dont il semble particulièrement fier : il montre ses dents à la façon des danseuses de ballet dans un sourire perpétuel. Sa satisfaction de lui-même est indiscutable.

Le prince figura dans plusieurs tableaux où sa belle prestance, ses costumes superbes, et ses dents éblouissantes sous ses moustaches noires, recueillirent tous les suffrages. — Enfin, il parut avec ma femme dans un groupe à deux personnages représentant Judith et Holopherne. Au moment où le rideau se levait, Judith saisissant son sabre d'une main, s'appuyait de l'autre sur la couche d'Holopherne, et se penchait sur *lui* pour s'assurer, avant de frapper, qu'il était endormi. — Ils étaient vraiment fort beaux à voir tous deux dans cette situation, ma femme étalant sa main blanche sur la peau d'ours qui couvrait la couche, et attachant ses grands yeux sauvages sur le visage de sa victime : — le prince, les lèvres entr'ouvertes par le sourire d'un doux rêve, avec ses disques d'or aux oreilles, et sa barbe tressée à la mode assyrienne. — On redemanda le tableau.

J'étais dans les coulisses où je faisais les fonctions de régisseur et de metteur en scène. De cette place privilégiée, je crus m'apercevoir, à tort ou à raison, qu'à l'instant où le rideau se baissait, le visage de Judith et celui d'Holopherne déjà fort rapprochés dans le cours du tableau, se rapprochaient encore davantage.

J'eus le bonheur, la minute d'après, de pouvoir rendre un petit service au prince. Il s'agissait de l'aider à se défaire de sa barbe assyrienne, qu'il avait dû fixer avec un appareil de cordons très compliqué. Je saisis avec empressement une paire de ciseaux, et je coupai les cordons : mais en même temps, par je ne sais quelque distraction, j'eus la maladresse de couper une des longues moustaches du prince. Je lui en fis aussitôt toutes mes excuses. Mais il avait une mine si plaisante avec l'unique moustache qui lui restait que je ne pus m'empêcher de mêler un éclat de rire à mes excuses. Il ne les accepta pas. — Nous nous sommes battus ce matin à Meudon, et je lui ai donné un coup d'épée qui lui a traversé l'épaule. L'aventure divertit beaucoup le public, et paraît mortifier un peu ma femme.

NOUS NOUS SOMMES BATTUS...

10 avril.

Rien de nouveau. Toujours le même délicieux intérieur, embelli par une mutuelle confiance. Ma femme médite sa revanche avec son calme inquiétant. Elle me lance, pendant nos repas en tête à tête, des regards qui ne sont pas tendres. Mais je m'en soucie peu, et je n'en conserve pas moins, surtout devant elle, mon impassible enjouement. Car, à mon tour, je ne l'aime plus du tout. Son cynisme pédantesque, son immoralité par raison démonstrative ont pour moi quelque chose de répugnant qui lui enlève tout charme féminin. Du reste, avec ses passions sans frein, ses curiosités sans loi et son dilettantisme à outrance, elle me prépare, j'en suis sûr, mille surprises intéressantes contre lesquelles une épée ne suffira peut-être pas toujours à me défendre. Je la vois se lier beaucoup avec une Russe dont on ne dit pas de bien. Il faut avouer que j'ai eu une heureuse idée quand j'ai confié à cette créature mon repos, mon nom et mon honneur.

Valmoutiers, 20 avril.

Sous prétexte de quelques réparations urgentes, je suis venu passer une semaine à Valmoutiers pour y respirer un peu d'air pur.

Par mes ordres, on a tenu la chambre d'Aliette fermée et scellée depuis le jour où elle en est sortie dans son cercueil.

J'y suis rentré aujourd'hui pour la première fois... J'y ai retrouvé une vague odeur de ses parfums favoris... Pauvre Aliette! que n'ai-je pu, comme tu le désirais si ardemment, ma pauvre chère enfant, partager tes douces croyances et m'associer à la vie de paix et d'honnêteté que tu rêvais! Auprès de celle qui m'est faite aujourd'hui, elle me semble un paradis.

Quelle scène affreuse dans cette chambre! quel souvenir!... Je vois encore le dernier regard qu'elle attachait sur moi... presque un regard de terreur!... Comme elle est morte vite!... Et la stupeur de ce malheureux Tallevaut!...

J'Y SUIS RENTRÉ AUJOURD'HUI POUR LA PREMIÈRE FOIS...

J'ai pris cette chambre pour la mienne. Mais je resterai peu de temps ici. Je compte aller passer quelques jours à Varaville. J'ai besoin de voir ma fille. J'ai besoin de voir son cher visage d'ange.

Valmoutiers, 22 avril.

Quel changement dans le monde depuis mon enfance, — et même depuis ma jeunesse ! — Quel étonnant changement, en si peu de temps, dans le milieu moral que nous respirons !... Nous étions alors comme imprégnés de la pensée de Dieu, d'un Dieu juste, mais bienveillant et paternel... Nous vivions vraiment sous ses yeux comme sous les yeux d'un père, avec crainte et respect, mais avec confiance... Nous nous sentions soutenus par sa présence invisible, mais certaine... Nous lui parlions et il nous semblait qu'il nous répondait... Maintenant, nous nous sentons seuls et comme abandonnés dans l'immense univers... Nous vivons dans un monde dur, farouche, haineux, où la lutte pour l'existence est la loi unique et cruelle, où nous ne sommes plus que des éléments déchaînés qui se combattent entre eux avec un égoïsme féroce, sans pitié, sans appel, sans espoir d'une justice finale... Et, au-dessus de nous, plus rien... ou pis que rien, — une divinité insouciante, ironique et barbare... à la place du Dieu très bon de notre heureuse jeunesse !

Valmoutiers, 23 avril.

La mère d'Aliette, madame de Courteheuse, était depuis longtemps souffrante ; une dépêche qu'on me renvoie tardivement de Paris m'annonce sa mort. Je pars pour Varaville. Je ne puis désormais y laisser ma fille. La seule personne de sa famille qui reste là-bas est sa vieille grand'tante, mademoiselle de Varaville, qui est en enfance. Ma fille va avoir dix ans, je ne puis l'abandonner aux soins des subalternes. Je suis décidé à l'emmener, soit pour la garder et l'élever près de moi, soit pour la mettre dans un pensionnat ou dans un couvent de Paris. Je m'entendrai à cet égard avec l'évêque son grand-oncle. La présence de cette enfant m'aidera à supporter bien des choses.

Varaville, 27 avril.

... Un instant, — une minute, — dans cette chambre où je m'enfermais avec l'ombre de la pauvre morte, — une pensée horrible m'était venue... mais je l'avais chassée comme un rêve de folie... et voilà que ce rêve de folie devient une réalité !

Écrirai-je cela?... Oui ! je l'écrirai... Je le dois, car dès ce moment, ce journal, si gaiement commencé, n'est plus qu'un testament ; si je venais à disparaître, il ne faut pas que ce secret meure avec moi. Il faut qu'il soit légué aux protecteurs naturels de ma fille. Il y va de ses intérêts, sinon de sa vie.

Voici ce qui s'est passé : — Prévenu trop tard, je n'étais pas arrivé à temps pour rendre les derniers devoirs à madame de Courteheuse. La famille était déjà dispersée. Je n'ai plus trouvé ici que le frère d'Aliette, Gérard de Courteheuse, aujourd'hui capitaine de frégate. Je lui ai communiqué mes projets relatifs à ma fille. Il n'a pu que les approuver. Mon intention était d'emmener avec Jeanne sa vieille bonne Victoire Genest, qui l'a élevée après avoir élevé sa mère. Mais cette fille est très âgée, assez mal portante, et j'appréhendais de sa part quelques difficultés, d'autant plus que son attitude à mon égard depuis la mort de ma femme avait toujours été marquée d'une mauvaise grâce touchant à l'hostilité. C'était même uniquement par respect pour la mémoire d'Aliette que j'avais supporté patiemment son humeur maussade.

Je l'ai prise à part dans la chambre de Jeanne, pendant que l'enfant jouait dans le jardin :

— Ma chère Victoire, lui ai-je dit, tant que madame de Courteheuse a vécu, je me suis fait un devoir de laisser

ELLE ME REGARDA FIXEMENT.

sa petite-fille entre ses mains. Personne d'ailleurs n'était plus capable de veiller à son éducation. Mon devoir maintenant est d'y veiller moi-même. Je compte donc emmener Jeanne à Paris. J'espère que vous voudrez bien l'y accompagner et rester à son service.

Dès qu'elle avait pu comprendre mes intentions, la vieille femme était devenue subitement très pâle, et j'avais vu ses mains agitées d'un léger tremblement ; elle me regarda fixement de son œil gris et ferme, et me dit :

— Monsieur le comte ne fera pas cela !

— Pardon, ma chère madame Genest, je ferai cela... J'apprécie vos qualités de fidélité et de dévouement... Je vous serai très reconnaissant de continuer vos bons soins à ma fille... Mais, du reste, j'entends être seul maître chez moi, et seul maître de ma fille.

Elle a posé une main sur mon bras :

— Je vous en prie, monsieur, ne faites pas cela !

— Victoire... est-ce que vous devenez folle?

— Oh ! non, monsieur, si j'avais pu le devenir, ça serait fait !...

Son regard fixe et rigide ne quittait pas le mien et semblait m'interroger jusqu'au fond de l'âme.

— Je ne l'ai jamais cru, murmura-t-elle : non, jamais je n'ai pu le croire... Mais si vous emmeniez la petite, je le croirais !

— Mais quoi, malheureuse?... quoi donc?

Elle baissa encore la voix :

— Je croirais que vous savez comment est morte la mère... et que vous voulez que la fille meure comme la mère !

— Meure comme la mère !

— Oui... de la même main !

Mon front s'est baigné de sueur et j'ai senti comme un souffle de mort... Cependant, je repoussais encore l'effrayante lumière.

— Victoire, ai-je dit, prenez garde !... vous n'êtes pas folle, en effet... vous êtes pis que cela... votre haine contre celle qui a remplacé ma première femme, votre haine aveugle vous inspire des paroles odieuses... criminelles !

— Eh bien ! monsieur, s'est-elle écriée avec une sauvage énergie, — après ce que je viens de vous dire, emmenez votre fille auprès de cette femme, si vous l'osez!

J'ai fait quelques pas à travers la chambre pour recueillir ma raison, puis, revenant à la vieille femme :

— Mais comment puis-je vous croire? Si vous aviez eu l'ombre d'une preuve de ce que vous me laissez entendre, comment auriez-vous gardé le silence si longtemps?... Comment m'auriez-vous laissé contracter ce mariage exécrable?

Elle a paru plus confiante et sa voix s'est attendrie :

— Monsieur, c'est que madame, avant de retourner à Dieu, m'a fait jurer sur le crucifix de garder ce secret à jamais.

— Mais pas avec moi, enfin... pas avec moi !

Et je l'interrogeais à mon tour, les yeux dans les yeux. Elle a hésité, puis elle a balbutié :

— C'est vrai,... pas avec vous,... puisqu'elle croyait, la pauvre petite...

— Quoi ! que croyait-elle? Que je le savais?... Que j'étais complice, alors... Dis?

Elle a baissé les yeux et n'a pas répondu.

— Ah ! mon Dieu !... est-ce possible, mon Dieu !... Voyons, mets-toi là, ma chère fille... assois-toi près de moi... et parle... dis-moi tout... tout ce que tu sais... tout ce que tu as vu... Quand t'es-tu aperçue de quelque chose?... A quel moment?... car elle était réellement malade depuis quelque temps...

— Oui, monsieur, mais ce n'était rien, ce n'était pas dangereux... les médecins le disaient, vous savez, — et moi j'avais trop l'habitude de la soigner pour m'y tromper !... Ah ! je sais bien quand le danger est venu... Monsieur le comte doit se rappeler le jour où madame la duchesse arriva à Valmoutiers, et où on envoya chercher mademoiselle Sabine... C'est ce jour-là, monsieur, j'en suis sûre, qu'elle a commencé à mal faire... c'est à partir de ce jour-là que les souffrances de madame ont brusquement augmenté... et qu'il y a eu de grands changements... Je me doutais, et je me suis mise à la surveiller, cette fille... Un soir, cachée derrière un rideau du petit boudoir où on préparait les potions... à côté de la chambre... je la vis tirer de sa poche un flacon et en verser une goutte ou deux dans la potion de madame. Je me montrai tout subitement :

» — Qu'est-ce que c'est que ça, mademoiselle?

» Elle avait beaucoup rougi, mais elle me répondit pourtant avec son sang-froid.

» — Ce sont des gouttes que mon oncle m'a recommandé de mêler à la valériane...

» Voilà ce qu'elle me dit, et vous saurez tout à l'heure, monsieur, qu'elle mentait... — Quand je la surpris comme cela, il était trop tard déjà peut-être... car ce n'était pas la première fois, bien sûr, qu'elle faisait mal... ma première idée fut de vous prévenir... mais je n'osais pas... Alors je prévins madame... Ah ! je crus bien voir que je n'apprenais rien à la pauvre petite... et pourtant elle me gronda presque durement :

» — Tu sais bien, me dit-elle, que mon mari est toujours là quand elle prépare les potions... il serait donc coupable aussi... plutôt que de croire cela, j'aimerais mieux cent fois prendre la mort de sa main !...

» Et, je me souviens, monsieur, qu'au moment même où elle me disait cela, vous sortiez du petit boudoir, et vous lui donner son crucifix, et elle me fit jurer que je ne dirais jamais un mot de ce que nous soupçonnions... Ce fut alors

JE LA VIS VERSER UNE GOUTTE OU DEUX DANS LA POTION DE MADAME.

veniez lui présenter une tasse de valériane... Elle me jeta un coup d'œil terrible, — et but... Quelques minutes après elle se trouva si mal qu'elle crut que c'était déjà la fin... Elle me dit de que j'envoyai chercher le prêtre... Quand tout fut fini, monsieur Tallevaut... qui avait été si frappé en arrivant, vous vous rappelez, monsieur?... Monsieur Tallevaut m'interrogea ; je lui dis que les gouttes qu'il avait données à mademoiselle Sabine pour mêler aux potions de madame m'avaient paru lui faire beaucoup de mal...

» — Quelles gouttes? me dit-il, comme quelqu'un qui ne comprend pas...

» — Ces gouttes que mademoiselle Sabine a apportées dans un petit flacon brun...

» Il devint tout pâle, me regarda un moment d'un air égaré, secoua la tête comme un homme qui ne sait que dire et me quitta subitement... et quand j'appris le lendemain qu'il était mort, je me dis :

» — Ce malheureux homme-là s'est tué !...

» Voilà, monsieur, ce que je sais, ce que j'ai vu de mes yeux... et je vous jure, sur mon Dieu, que je ne vous ai pas dit un mot qui ne soit la pure vérité !...

Elle a cessé de parler... Je n'ai pu lui répondre... j'ai saisi ses vieilles mains ridées et tremblantes, j'y ai appuyé mon front, et j'ai pleuré comme un enfant . . . .

. . . .

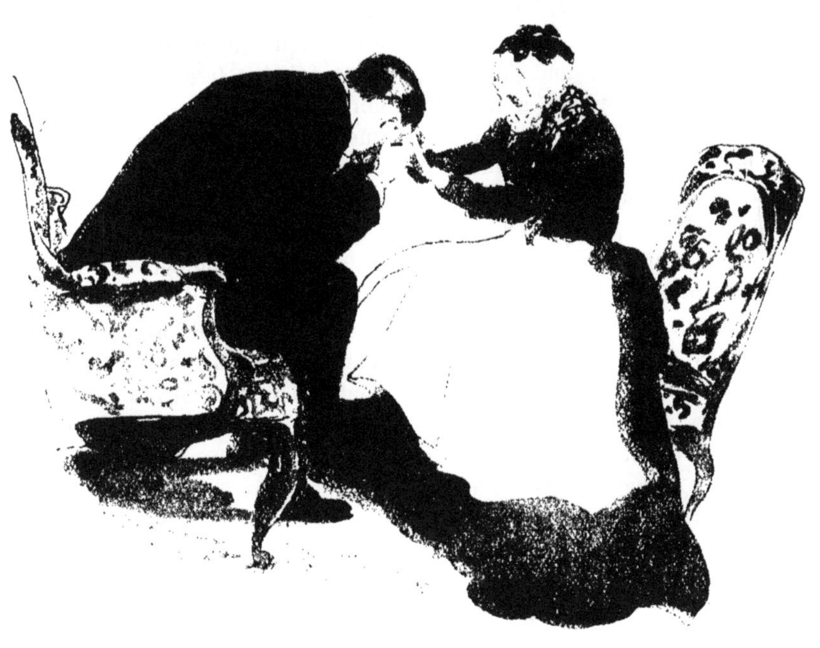

J'AI PLEURÉ COMME UN ENFANT...

Que je vive ou que je meure, il faut que ma fille soit préservée à jamais du contact de cette misérable. Si ma vie se prolonge, je m'en charge : si je mourais, il faut que quelqu'un s'en charge pour moi. Je prends les précautions les plus sûres pour que ces pages soient réunies, quand je ne serai plus, entre les mains de monseigneur de Courteheuse, grand-oncle de ma fille, ou, à son défaut, dans celles du commandant de Courteheuse, frère de sa mère. Ces lignes et celles qui précèdent les instruiront assez de ce que j'attends d'eux.

Par mon contrat de mariage avec Sabine Tallevaut, j'ai pourvu largement à son aisance sa vie durant, lui assurant la jouissance viagère d'une moitié de ma fortune personnelle, dont j'ai laissé, d'ailleurs, la nue-propriété à ma fille déjà très riche du chef de sa mère. Je n'avais donc pas cru léser sensiblement les intérêts de ma fille. Cependant, cédant à ma fatale passion, j'ai ajouté dans le contrat une clause par laquelle ma fortune reviendrait en toute propriété à Sabine Tallevaut si ma fille décédait sans s'être mariée. Ce n'est donc pas seulement contre la contagion morale d'une femme perverse qu'il s'agit de garder ma fille, c'est aussi contre la main d'une femme criminelle...

Quant au premier crime qu'elle a commis, je dois expliquer pourquoi je n'en poursuis pas le juste châtiment par la loi. Mes souvenirs personnels, le témoignage si précis de la vieille Victoire, la mort soudaine et mystérieuse du docteur Tallevaut, et, enfin, la connaissance que j'ai acquise des instincts et des principes de Sabine Tallevaut ne me permettent plus de garder le moindre doute sur la réalité du crime. Si cependant je le laisse impuni, ce n'est pas que je recule (quelque affreuse que soit cette pensée) devant l'accusation de complicité que la coupable ne manquerait pas de faire peser sur moi, c'est qu'en mon âme et conscience je suis persuadé que les preuves du crime sont, au point de vue légal, insuffisantes. Le poison, — puisqu'il faut prononcer ce mot sinistre, — a été assez savamment choisi pour ne laisser aucune trace. Le témoignage de Victoire, si attachée à ma première femme, et, naturellement, si hostile à l'autre, serait suspect. Quant aux motifs particuliers de ma conviction personnelle, si puissants qu'ils soient, ils ne sauraient servir de base à une accusation criminelle. Le procès, si on l'intentait, ne ferait que provoquer un effroyable scandale sans autre résultat que de déshonorer mon nom, — le nom de ma fille.

Ce qu'il faut obtenir, — et je dirai : à tout prix ! — c'est que cette femme s'éloigne pour toujours de Paris et de la France. Il ne faut pas craindre de faire pour atteindre ce but quelque sacrifice d'argent considérable. Elle aime l'argent. En y joignant la menace, je pense qu'on la décidera. Je compte, au reste, tenter l'épreuve moi-même dès que j'aurai repris assez de force et de sang-froid pour affronter sa présence.

... Cette infâme échappera à tout châtiment... et bien d'autres qu'elle, sans doute, y échappent... Bien d'autres surtout y échapperont dans l'avenir... A mesure que les passions humaines, — et entre toutes, les passions terribles de la femme, — rompent leurs digues anciennes et ne reconnaissent plus d'autre loi ni d'autre frein que le code, — les progrès de la science multiplient à l'infini les moyens de tromper le code et d'aveugler la justice !

10 mai.

Elle est morte en me croyant coupable !... C'est une idée épouvantable...

Je ne peux pas m'y faire !... Un être si faible, si doux, si délicat !... Oui, elle s'est dit : «Mon mari est un meurtrier,... ce qu'il me donne là, c'est du poison, et il le sait !... » Et elle est morte sur cette pensée,... sa dernière pensée !... Et jamais, jamais elle ne saura que ce n'est pas vrai... que je suis innocent... que cette idée me torture !... que je suis le dernier des misérables !... Ah ! Seigneur Dieu tout-puissant, — si vous existez, — vous voyez ce que je souffre... Ayez pitié de moi !

... Ah ! que je voudrais croire que tout n'est pas fini entre elle et moi,... qu'elle me voit... qu'elle m'entend,... qu'elle sait la vérité !...

Mais je ne peux pas ! je ne peux pas !

1er juin.

Je sais ce qu'on dit de la prière, — qu'elle est inutile, — qu'elle est toujours et nécessairement inefficace, parce que Dieu, — s'il est et quel qu'il soit, — n'intervient jamais dans les faits de ce monde par une action particulière, qu'il ne gouverne pas des miracles, qu'il ne dérange jamais l'ordre général pour un intérêt individuel... Sans doute, mais cela me paraît bien rigide et bien absolu. D'abord, celui qui croit en Dieu et qui le prie, doit se sentir en communication plus directe avec lui, et doit trouver dans ce sentiment même un soutien et des consolations incomparables... Mais ensuite, est-il donc si certain que la prière soit toujours inefficace? Qu'en sait-on? S'il y a des prières vraiment folles, parce qu'elles ne pourraient être exaucées sans troubler l'ordre divin de l'univers, Dieu ne peut-il réserver, entre ses lois immuables, un champ libre à la prière? Sans contrevenir à ses propres lois, et sans faire de miracles, ne peut-il agir sur la pensée et sur la volonté de celui qui l'implore?... Une mère qui prie pour son enfant malade ne peut-elle donc espérer que son enfant sera sauvé, non par un miracle, mais par ses propres soins, providentiellement inspirés et dirigés?... Un homme qui demande à Dieu de lui donner la foi, de l'éclairer de sa grâce, lui demande-t-il de troubler l'ordre de la nature, et ne peut-il espérer de recevoir la lumière qu'il invoque?...

Juin.

... Sa dernière pensée a été que j'étais un criminel !... et jamais elle ne sera désabusée...

... Tout a l'air si bien fini quand on meurt !... — Tout retourne aux éléments... Comment croire à ce miracle de la résurrection personnelle?... et pourtant, en réalité, tout est miracle et mystère autour de nous, au-dessus de nous, en nous-mêmes !... L'univers tout entier n'est qu'un miracle qui dure.

... La renaissance de l'homme du sein de la mort serait-elle donc un mystère plus étrange, plus incompréhensible que sa naissance du sein de la femme?...

Ces lignes sont les dernières qu'ait écrites Bernard de Vaudricourt. Sa santé, dès longtemps altérée par le chagrin, ne résista pas aux émotions de la terrible et suprême épreuve qui lui avait été imposée. Un mal à peine déterminé, dont le symptôme extérieur fut un anthrax à la gorge, prit en quelques jours un caractère mortel.

M. de Vaudricourt, se sentant perdu, fit appeler monseigneur de Courteheuse. Il voulut mourir dans la religion d'Aliette.

M. DE VAUDRICOURT VOULUT MOURIR DANS LA RELIGION D'ALIETTE.

Vivante, la pauvre enfant avait été vaincue : morte, elle triomphait.

P.-S. — Il est inutile de dire que ce récit, composé d'après des documents authentiques dont on a conservé avec soin les lignes principales, a dû cependant, à cause de la gravité de certains faits, subir des modifications de noms, de dates et de lieux. On comprendra même qu'il n'eût jamais été publié si la personne qui figure dans la seconde partie sous le nom de madame de Vaudricourt n'avait depuis assez longtemps disparu de la scène parisienne pour aller terminer loin de la France sa carrière aventureuse.

FIN

www.ingramcontent.com/pod-product-compliance
Ingram Content Group UK Ltd.
Pitfield, Milton Keynes, MK11 3LW, UK
UKHW021542260726
13993UKWH00002B/582

9 782329 561707